Albert et Gérald

Albert et Gérald

Albert et Gérald

ROMAN

Avertissement : *Les personnages d'un roman sont fictifs. Les propos et les sentiments qu'ils expriment n'engagent qu'eux. L'auteur ne pourra être tenu responsable des paroles et des pensées de ses personnages... C'est pas pour de vrai... du moins l'espère-t-il du haut de sa grande naïveté.*

© 2020, Poirier, Alain René
Edition : Books on Demand,
12/14 rond-Point des Champs-Elysées, 75008 Paris
Impression : BoD - Books on Demand, Norderstedt, Allemagne
ISBN : 9782322206605
Dépôt légal : février 2020

Albert et Gérald

À Valérie et Gérard Boutouyrie.

Lors de nos ripailles festives du réveillon marquant l'arrivée de l'année 2020, dans l'historique maison Corrézienne de Vieillemaringe où flottent tant de souvenirs, de vibrations et l'esprit des artistes qui hantèrent ses murs, l'idée farfelue de ce roman instincvitiste* m'est venue.

---

*Le mouvement instincvitiste se définit comme le chantre de la médiocrité arrogante. Sa philosophie : écrire rapidement, n'avoir aucun talent, ne rien faire pour améliorer la chose. Ses membres osent tout... ce ne sont pas eux qui ont commencé, ils ne sont pas plus cons que les autres. Ce mouvement est issu de la scission du mouvement instinctiviste fondé par A.R. Poirier. Il en fut le seul membre, puis le seul farouche opposant rendant la fracture inévitable entre les deux mouvements. Du mouvement instinctiviste d'origine l'instincvitisme créé également par A.R. Poirier, en conserve tous les principes, n'ajoutant qu'une condition supplémentaire : relire et accepter quelques corrections des textes lors de cette relecture.

Albert et Gérald

Albert et Gérald

Albert, que par commodité nous nommerons Al, ouvrit l'œil gauche à la première lueur du soleil. Il n'avait pas encore soulevé la paupière protégeant le droit, qu'il pressentit immédiatement que cette journée allait être spéciale. Son troisième œil, l'œil de l'âme, ne pouvait expliquer pourquoi. D'ailleurs, qui lui aurait demandé ?

Sans être chaman, ni charlatan tireur de cartes, il le devinait. Une sorte de sixième sens lui permettait de détecter l'atmosphère particulière qui entourait les jours de loose. Il percevait la vibration spéciale qui les annonçait. Al avait le nez pour ressentir ces choses-là.

Contre l'évidente journée de merde qui se profilait, il se mit à jurer comme un prêtre ensoutané se coinçant les doigts dans la porte du tabernacle, renversant dans sa maladresse le ciboire, faisant rouler son couvercle surmonté de la croix, éparpillant sur les dalles du sol, toutes les hosties consacrées, finissant en apothéose, l'ecclésiastique glissa dessus, s'écrasant la tronche sur un coin de l'autel, en tentant de les rattraper au vol.

-Putain de nom de Dieu de bordel de merde de pute borgne, ça commence mal, corne de cul!

Il stoppa net son flot d'injures. Non par manque de vocabulaire, il lui en restait des tombereaux en réserve. Il venait de s'apercevoir qu'il partait sur des expressions sans aucun rapport avec le sujet.

« Corne de cul... » est le début de la célèbre phrase

« Corne de cul dit la marquise je suis enceinte et je ne sais pas de qui ». De toute évidence cela n'avait rien à voir avec la situation présente. Que viendrait foutre une marquise dans ce récit. Il n'y a pas place non plus pour un obstétricien. Al partait en vrille. S'il n'y avait pris garde son délire verbal s'auto-alimentait.

Historiquement, certains attribuent cette citation à la jeune Marie, jalouse de sa précieuse virginité, découvrant sa surprenante grossesse, devant un Joseph puceau, plus que dubitatif.

Le pauvre homme exposé aux railleries populaires n'avait toujours pas consommé. Depuis son mariage il l'avait gardée sous le bras, comme on dit. Une expression qui n'augure en rien la taille du membre. Son épouse se refusait à lui, prétextant une destinée procréatrice plus universelle. Contrairement au modeste Joseph qui, de jour en jour voyait croître le contenu de ses bourses, sans penser à investir, Marie, elle avait une ambition démesurée. Elle voulait laisser une trace extraordinaire dans l'histoire de l'humanité, en devenir une icône, une idole.

Corne de cul.... la phrase d'origine s'étant modifiée avec le temps. La peur des représailles à l'époque de l'inquisition, où Dieu, en ce temps dominateur, prenant le melon, était un peu moins débordant d'amour que son mode d'emploi ne le prévoit. Ceci en explique l'évolution.

La phrase initiale était :

« Corne de cul dit Marie, je suis enceinte du Saint Esprit ». Marie gardant sa virginité, la portant en étendard, cette déclaration pouvait conduire l'auditeur à se poser des questions concernant la méthode de procréation. Lui laisser envisager des chemins détournés, des contournements, des possibilités peut-être pas sans fondement. Ceci explique qu'elle soit devenue celle que nous utilisons tous de nos jours.

Pourquoi « corne de cul » ? Cette image du synonyme de plug anal est peut-être une voie ouverte détournée pour expliquer une grossesse sans perte de virginité.

Toujours selon certains historiens de droit canon (jus canonicum), le charpentier voyant s'arrondir le ventre de son épousée aurait répliqué ;
« les bras m'en tombent ». Ce qui peut inconsciemment prévoir l'avenir de l'enfant, une vision de bras cloués pour éviter qu'ils ne tombent. Sigmund n'ayant à cette époque pas encore sévi, il semble hasardeux de souscrire à cette théorie.

Certains textes, peut-être apocryphes, faisant référence à des passages du Talmud (base de la halakha) précisent que des ironistes de cette époque exempt du politiquement correct, grâce à Dieu, auraient dit :
« s'il n'y avait que les bras ».

Ajoutant un côté salace à l'ironie de la situation matrimoniale de l'époux de la première biblique mère porteuse. Celle, se refusant à son mari, qui portait l'enfant du boute-en-train de Dieu.

Des irrespectueux riaient sous cape de la virginité, conservée tout au long de sa sainte vie, par la mère du divin enfant, malgré l'enfantement non césarisé de l'épouse de l'artisan charpentier...
Le pauvre homme était-il impuissant, souffrait-il de phimosis non opéré ?
Avait-il des préférences autres, pour accepter un mariage blanc ?
Les mystères de la foi.

Ne pas s'interroger. Comme pour l'univers, c'est une réalité que nous observons, ou rêvons. À notre niveau humain ça ne s'explique pas. Nous avons les circonvolutions cérébrales trop premier degré...

Un jour peut-être, lorsque notre évolution d'espèce sera achevée, s'ouvrira le chemin de la compréhension...

Pour se remettre les idées en place, chasser de sa tête la vision du « corne cul », les pratiques sexuelles peu orthodoxes du Saint Esprit, Al posa sur sa platine virtuelle
« Catholic Girls » de Frank Zappa.
Moins par moins font plus, loi des mathématiques.

Malgré cette démarche, il ne pouvait chasser de sa tête une question.
LA question :
Marie était-elle consentante ? Elle, le Saint Esprit, comment s'étaient-ils connus ? Qui avait fait le premier pas. Marie, femme mariée, était-elle une dévergondée, ou devançant les époques, une femme libérée ?

Le plateau de la balance penchait vers favorable, certes. Comment refuser un Saint adultère pour procréer du divin. Cela demande quand même réflexion. Le poids des habitudes. La morale régnante... Puis comment vérifier, le Saint Esprit avait-il une carte prouvant son identité, n'était-il pas un intrigant, un simple queutard ? Portait-il son auréole au moment où Dieu se fit par son intermédiaire pénétrant ? Que de questions sans réponse.

Qui pourrait jurer avec certitude d'avoir dit non ? Qui aurait refusé les avances du messager... Qui aurait osé mettre en doute la divine intention.

Je sais, il y a prescription. Il faut considérer la chose avec les yeux de l'époque, faire abstraction de nos lois actuelles. Le droit de cuissage est presque aboli de nos jours... juste pratiqué en catimini par quelques-uns se croyant d'essence supérieure, se disant élus. Un vestige de notre animalité concernant les prérogatives des chefs de meute. Cet usage admis par le groupe pour ne pas affaiblir la lignée. La loi du plus fort... L'évolution créera religions et civilisations qui transféreront le pouvoir aux plus malins, puis aux plus riches. Le début de la dégénérescence génétique, pour finir par l'extinction de la race...

Albert et Gérald

Albert et Gérald

Al, à la plus légère entorse faite à sa routine, voyait sa fibre râleuse entrer en vibration. Il n'aimait pas sortir de sa zone de confort. Toute distorsion de la trajectoire de son train-train le perturbait. En même temps, dans la routine, il finissait par admettre qu'il s'y emmerdait. Vivre un peu d'aventure, au fond de lui, il n'était pas contre. Il y mettait une seule condition. Cet imprévu, il devait pouvoir l'anticiper, le planifier. Al ne concevait l'imprévu que désamorcé, encadré, balisé. De l'aventure soft, gentille, aimable, qui ne te fout pas dans la merde. De l'inattendu apprivoisé, qui ne te fasse pas perdre la face. De l'imprévu prévisible en quelque sorte voire, de l'imprévu... prévu. L'homme de toute évidence n'était que contradictions. La grande complexité de la vie.

Ce matin, Al devinait que l'imprévu qui s'annonçait ne serait pas domestiqué. Il redoutait du sauvage, du retors, le genre grain de sable qui vous nique les rouages. Cela le mit d'humeur chafouine. Pour nous résumer, il se leva du pied gauche, comme on dit.

Sortant de son lit, son premier geste matinal, un automatisme, une routine, se saisir de ses lunettes, celles posées précautionneusement la veille sur sa table de chevet, les verres hors du contact de la surface pour éviter les rayures.

Sa main, dans la pénombre, se posa à l'endroit habituel.
Rien !
Il tâtonna en cercles excentriques, avec méthode.
Toujours rien.

Albert et Gérald

Il poursuivit surpris.
Le vide !
   -Putain quel est le con qui a touché à mes lunettes ?
   Al se trouvant le seul humain dans la chambre. Bill déjà levée, couchant de l'autre côté du lit, possédant son propre chevet, Al se trouvait être le seul être vivant de taille supérieure aux iules et autres arachnides à utiliser cette table de nuit.
   Le meuble à sa question avait une réponse évidente à lui fournir. Il s'en abstint, devinant que cela n'arrangerait pas l'humeur matinale du râleur. La deuxième raison du silence du chevet, non pas due à cette forme de lâcheté que l'on attribue à la réserve d'êtres civilisés voulant éviter les conflits, à l'attitude de faux-cul permettant soi-disant le vivre ensemble, mais l'absence de cordes vocales constatée sur tous les mobiliers de bois.
   De sa main droite Al explora méthodiquement le dessus du petit meuble. Il arriva dans des zones rarement explorées. D'un geste gauche il heurta ses assistantes de vision, qui en se dérobant churent sur le sol de la chambre. Il voulut enfiler ses chaussons pour les traquer, les pourchasser. Ceux fourrés, le dessus écossais, laissés bien parallèles, la veille, lors de son coucher. Méthodiquement il avait disposé celui du pied gauche à gauche, côtoyant le chausson du pied droit à droite, les talons de la paire jouxtant sa couche. Déterminé, glissant d'autorité son senestre peton dans la charentaise destinée à le recevoir, il sentit quelque chose de dur, de froid, de déformable. Trop tard, après l'hallali, Hara, par ici, à lui, le gibier venait d'être blessé.
   D'un côté, il était heureux d'avoir retrouvé ses besicles, d'un autre, il pestait d'avoir marché dessus. La complexité de l'âme humaine tant décrite, une fois de plus confirmée par l'expérience.
   Ayant retrouvé ses lunettes. Il s'en saisit, en orna ses

yeux, les posant sur son nez, sollicitant ses oreilles pour aider ce dernier à les maintenir en place. Al eut une sensation inhabituelle. Il leur découvrit une nouvelle ergonomie, une nouvelle façon de regarder. Putain mon arpion les a niquées, le gauche, celui censé porter chance lorsqu'il écrase le macron ou l'étron... je ne sais plus lequel choisir de ces synonymes !

Son pied gauche trop fier ne s'excusa pas. Il prétexta que ce n'était pas à lui de voir où il se mettait, ne possédant pas d'organe de la vision, il devait se fier aveuglément à Al.

Al bougonna, jura même. En ce domaine, son vocabulaire était suffisamment riche, pour qu'il puisse sans complexe intégrer la confrérie des charretiers.

Calmé, il se dressa. D'un pas nerveux, il se dirigea vers la salle de bain. Par esprit de contradiction, snobant la baignoire, il y prit une douche.

À la libération de l'eau, le pommeau orienté vers lui, l'arrosa d'un jet glacé. Ce dernier changeant brusquement d'avis devint bouillant, avant qu'Al n'eut le temps de réagir sur les robinets. D'un coup de poing rageur il fit savoir au mitigeur sa façon de penser.

L'eau enfin à bonne température, en téméraire, à mains nues, il se saisit du flacon de gel douche. Ce dernier, facétieux, n'avait pas dit son dernier mot. Il était du genre à ne jamais renoncer, il lui glissa des mains. Les parois recouvertes des résidus savonneux de la veille, le flacon imitait l'anguille. Al se baissa dans un geste réflexe, il tenta désespérément de rattraper le fuyard. Pour tout résultat couronnant sa tentative, il s'écrasa le front contre la robinetterie. Il jura, pesta, gronda comme un beau diable.

Par convention ici le diable est qualifié de beau. Ne dit-on pas la beauté du diable ?
Je sais, les goûts et les couleurs...

Albert et Gérald

Un hématome sur le front, le visage crispé par la douleur, Al entreprit de se savonner le corps. De l'extrémité des cheveux jusqu'au bout de l'ongle du gros orteil, il avait le pied égyptien, tout y passa. Rien n'y échappa. Il était méticuleux.

Une fois rincé, chair de poule, poils hérissés, les pieds tremblants, en équilibre instable sur le sol glissant de la douche, il se saisit de la serviette de bain pour s'essuyer.

Aux premières loges dans la trajectoire du jet de douche, la serviette avait largement participé aux ablutions. Elle avait opté pour l'option mouillette. Bonne citoyenne, elle suivait à la lettre les conseils gouvernementaux. Savoir se reconvertir, s'adapter, ne pas rester figée à vie dans le même domaine de compétence, oser traverser la rue.

Résultat, un nouveau tombereau d'injures.
Charretiers de tous les pays unissez-vous !

Al s'habilla ensuite. Aucun incident ne fut à déplorer. Il but son café sans s'ébouillanter, Bill lui avait tout préparé. Avant de partir pour sa journée de labeur, il lui baisa le front, puis lui dit :

-À ce soir chérie, passe une bonne journée.

Al enfila ses santiags sans trouver le moindre scorpion endormi à l'intérieur. Pour se donner du courage, de l'entrain, il sélectionna
« **Midnight Rambler** » des Rolling Stones
sur son smartphone, fixa ses écouteurs...

Did you hear about the midnight rambler
Everybody got to go
Did you hear about the midnight rambler
The one that shut the kitchen door
He don't give a hoot of warning
Wrapped up in a black cat cloak
He don't go in the light of the morning
He split the time the cock'rel crows

Albert et Gérald

Talkin' about the midnight gambler
The one you never seen before
Talkin' about the midnight gambler
Did you see him jump the garden wall
Sighin' down the wind so sadly
Listen and you'll hear him moan
Talkin' about the midnight gambler
Everybody got to go
Yeah....

Le morceau ne fut pas interrompu par du Carla Bruni, du Hallyday, du Jean-Louis Aubert, du Rap, ou toutes autres daubes commerciales qui encombrent nos ondes.

Les Dieux taquins faisaient une pause, partis en RTT les clowns Divins.

Arrivé au bureau sans encombre, Al retrouva Gérald. Gérald que par facilité aussi, nous nommerons Gé.

Gé le casque sur les oreilles écoutait
« A day in The life » des Beatles.
Une source de leur pseudo conflit.
Al était Rolling Stones, Gé Beatles...

Heureusement ils n'en étaient pas au stade de l'intégrisme. Ils faisaient équipe dans la compréhension et le respect mutuel, ayant d'autres points communs musicaux.

Ce matin, ils étaient de permanence au commissariat.

-Tout est calme pour le moment, dit Gé, arrivé le premier, alors que ses oreilles vibraient de bonheur aux harmonies de
« I Am The Walrus ».

I am he as you are he
As you are me and we are all together
See how they run like pigs from a gun
See how they fly
I'm crying

Albert et Gérald

Sitting on a cornflake
Waiting for the van to come
Corporation tee-shirt
Stupid bloody Tuesday
Man, you been a naughty boy
You let your face grow long...

-Traitons les affaires en suspens, proposa Al, les yeux malicieux du gars qui a envie de glander.

-Où en étions-nous ? questionna Gé retirant ses écouteurs.

-Je menais vingt-six contre vingt-quatre à pierre, feuille, puits, ciseaux.

Ils reprirent la partie en cours. Le score resta serré. Ils en étaient à cent vingt sept partout, lorsque soudain, le commissaire JP vint les interrompre.

JP portait une cinquantaine avec ostentation et des lunettes d'écaille. Les cheveux mi-longs grisonnants, habillé avec soin d'un costume Francesco Smalto, aux pieds des Berluti, la panoplie complète de vieux beau.

-Un homme a été découvert victime d'une mort, pas des plus naturelles, devant l'entrée du « The Good Old Time », rue du Jus de Pommes ou un nom à la con dans le genre.

-Ok patron nous y allons, fayota Al.
Il espérait une promotion.

-Découvert ? Patron vous voulez dire nu, à poil, pas habillé, pas couvert, c'est un naturiste ? Questionna Gé.

-Vous lui demanderez ! Allez, magnez-vous, le légiste est déjà sur place ! Il m'envoie des photos, je vous les imprime.

-Putain qu'il n'est pas beau le gus. Merci patron. C'est comme si c'était résolu patron... ajouta Gé, qui ne voulait pas demeurer en reste question léchage de pompe.

Al et Gé traduisirent l'adresse, rue du Jeu de Paume. JP n'avait aucun goût pour l'histoire de France.

Albert et Gérald

Versailles, le serment, la constitution, le tiers état, il n'en avait cure, il s'en fichait comme du quart. Il s'en expliquait par ses origines.
      -Je ne suis pas Français moi messieurs, je suis parisien... alors votre histoire de France....
Comme quoi, on peut être con et gravir les échelons.

Albert et Gérald

Albert et Gérald

Gé et Al enfourchèrent leurs fiers destriers. Ils se transportèrent à brides abattues sur les lieux du crime. Arrivée pétaradante. Ils béquillèrent leur Motobécane AV 88, coupèrent les moteurs. Les décibels, comme ils étaient montés, descendirent dans l'exponentiel.

Leurs montures, les fameuses « Bleue ». Ils chevauchaient chacun un modèle de 1961.

Monocylindre deux temps refroidi par air, de 49,93 cm3 à carburateur Gurtner de 12 mm, embrayage automatique double Dimoby, fourche télescopique à l'avant, bras oscillant à l'arrière, freins tambours avant et arrière, réservoir de cinq litres de mélange deux temps.

The Good Old Time semblait un endroit irréel. Un billet pour un voyage dans le passé.

Devant l'entrée, un grand gus, mesurant au moins un mètre quatre vingt, gisait sur le sol. Le gus négligé qui te meurt dans le désordre. Pas d'amour-propre, ne se retiens même pas, c'est relâche chez les sphincters, le gars s'éloigne artistiquement du pointillisme, plus école Piero Manzoni qu'adepte de Georges Seurat.

Al se bouchant le nez, le toisa d'un œil. L'œil dont Gé disait :

-toi Al, tu as le compas dans l'œil. Fais gaffe à ne pas t'éborgner. Dis Al, ce gus c'est le genre qui ne se fait plus chier... c'est fait... je ne lui dis pas de laisser pisser... c'est fait aussi.

Gé magnait l'humour explosif comme Stanislav Brebera

le Semtex.

-Allongé tu parais toujours plus grand, laissa tomber Al, histoire de rompre le silence et sortir de l'humour pipi caca.

Al analysa la scène :

Mare de sang, couteau planté dans le cinquième espace intercostal gauche.

Le suicide toujours possible lui parut improbable. Un accident domestique plus qu'hypothétique. Al pensa plus sûrement à un meurtre. Ses collègues le comparaient souvent à Sherlock Holmes pour la pertinence de ses déductions.

Autour du cadavre fumant, des mouches calliphora d'un beau bleu brillant, prévenues par le téléphone diptère, se précipitaient à trompe que veux-tu sur la plaie béante.

-Fumer tue, ironisa Gé, très amateur d'Arthur Conan Doyle, il se rêvait le John H. Watson d'Al.

Mouches goulues, labelle et labium déployés, salivant et aspirant, gueuletonnant, la chaleur les rendait hyperactives.

Des groupes de musca volant en escadrille guettaient l'autorisation d'aviandir. Comme chez les oiseaux charognards, il y a une hiérarchie à respecter. Les suivaient des muscina, des phormia, des protophormia, disposées dans l'ordre de leur intervention. Elles patientaient en bourdonnant, attendant leur tour en vols circulaires d'approche. Toutes de précieuses auxiliaires du légiste. Toutes bien respectueuses des publications décrivant les règles d'entomologie médico-légales pour déterminer leur ordre de pondre leur progéniture dans ce garde-manger pour asticots, avant de se repaître du cadavre. Certaines ne goûtaient que des repas chauds, d'autres n'appréciaient que la viande froide, le faisandé plus tendre et goûteux.

Avec l'expérience, pour déterminer les causes de décès, l'observateur attentif se fie à des signes qui ne trompent pas.

Par exemple, une pendaison nécessite un lien assez solide pour supporter le poids du candidat. S'il reste suspendu, que dessous son cadavre pousse de la mandragore, il peut conclure que c'est un vrai pendu, un suicidé. Pas un accroché post mortem par un maniaque des choses bien rangées, privé de sa dernière manifestation de plaisir d'adieu. Dans le cas d'un gus radin tenté de jouer au pendule de Foucault low-cost, un grippe-sou qui aura chipoté sur la qualité de sa corde pour ménager son pécule, alors que ses futures dépenses tendront vers zéro, cet accroché temporaire, après rupture de sa corde, s'écrasant comme une merde sur le sol, ira directement au stade de ridicule sans passer par la case compassion. S'il s'en tire avec de simples ecchymoses, le public déçu d'être privé de l'estocade, affligé par son manque de professionnalisme, en souvenirs ne pouvant après la puntilla se partager des morceaux de corde porte-bonheur, de la vraie corde de pendu, désespérant de trouver à terme, sous le pendu chut, victime de sa pingrerie, la mandragore riche en alcaloïdes hallucinogènes, devant la médiocrité du spectacle, non sans raison, ce public frustré, le pouce tourné vers le bas, le huera copieusement. Dans certaines contrées les spectateurs le lapideront.

Pour passer pour un con... un pendu tué à coups de pierres... n'a pas matière à bander.

Al et Gé pénétrèrent dans le sas d'entrée. Ils patientèrent un moment qu'ils ne purent quantifier. Certes, le temps n'existe pas, il est trop relatif, mesurer la durée à quelque chose de rassurant...

Une musique lancinante, une aveuglante lumière blanche, des vibrations, des secousses... toucher du doigt les contours de l'évanouissement... Ils eurent l'impression de rajeunir, de voyager dans le temps, à contre-courant, déjouant les lois de la relativité...

Albert et Gérald

Gé observa sur son crâne semi-désertique la pousse de quelques cheveux. Un duvet naissant. Al pour plaisanter l'appela mon poussin. Al vit des boutons d'acné lui orner le front. Gé répliqua en le traitant de télécommande.

La deuxième porte s'ouvrit. Gé resta un moment sur son quant-à-soi.

Al s'avança à grands pas. Il laissa un flipper Sing Along de 67 sur sa droite, un Spin Wheel de 68 à gauche, un Happy Clown de 64 à droite, un baby-foot Bonzini à gauche. Il s'arrêta devant un billard Memphis, Pool Américain.

Gé scrutait la salle. Elle laissait contempler des alignements de flippers, de juke-box, de baby-foot, de tables de billard. Il se dirigea d'un pas lent et majestueux en direction d'Al. En avançant, au passage, flippant d'un doigt expert sur un Domino, secouant de la paume un Sea-Shore qui se défendit d'un tilt, lançant une bille blanche contre une bille rouge sur le tapis vert d'un billard Français. Arrivé devant le juke-box, il sélectionna
« Story of Bo Diddley » par Eric Burdon and The Animals
sur la play-list de l'Ami Continental, celui du film Ghost avec Demi Moore et Patrick Swayze, avant de rejoindre son équipier. Il resta devant la machine sonore le temps de la chanson pour s'imprégner de cette merveille.

Soudain un gus étrange courut vers lui, essoufflé.

-Je cherche les toilettes, ça fait des heures que je les cherche. Une putain d'envie, aidez-moi, ma vessie va exploser. J'ouvre des portes, il n'y a pas de chiottes. S'il y a une pissotière il y a des files d'attente qui n'en finissent pas. Plus loin je trouve un panneau indiquant le lieu de délivrance, je pousse la porte, soit l'endroit est devenu une buanderie, soit une sandwicherie. Je parcours des centres commerciaux, des halls, des salles immenses, je pousse des portes, encore des portes, je demande, j'interroge, je supplie. Les indications fournies sont fausses, je tombe sur une salle de douches, de nombreuses cabines sans portes, des femmes nues les utilisent, les toilettes sont indiquées au fond, je tente une percée, les femmes hurlent, crient, me chassent, me jettent des savons...

Vous ne pouvez pas m'aider, je le vois dans vos yeux, dit-il d'un air las.

Il part en courant, se tient le bas-ventre, se contracte les sphincters, marche à petits pas...

Gé interrogea un homme examinant les choix possibles sur la play liste du juke-box. Il hésitait entre :
« Who Are You » des Who
« Brown Sugar » des Rolling Stones
« Anyway The Wind Blows » par JJ Cale et Eric Clapton.

Gé avait jeté son dévolu sur ce garçon qui lui semblait un homme de bon sens et de goût.

-Qui est ce gus ?
-Quel gus ?
-Celui qui cherche des toilettes !
-Pas remarqué, à quoi ressemblait-il ?
-Je ne saurais dire, je l'ai plus ressenti que vu.
-Vous prenez des diurétiques ?
-Un thiazidique, de l'Esidrex 25 mg, pourquoi ?
-Vous êtes en train de rêver, votre vessie et pleine, si vous tardez à vous réveiller, à vous lever pour aller pisser, vous allez inonder votre lit... Wake up !
-Je ne rêve pas, je suis debout, devant vous, je vous parle, je n'ai pas envie...
-Moi ce que j'en dis, c'est pour vous... si vous ne me croyez pas, laissez pisser comme on dit.

Gé le regarda de haut. Le gus mit sa pièce dans le juke-box, sélectionna

Albert et Gérald

« You Can't Always Bet What You Want » des Rolling Stones :

I saw her today at the reception
A glass of wine in her hand
I knew she would meet her connection
At her feet was her footloose man

No, you can't always get what you want
You can't always get what you want
You can't always get what you want
But if you try sometime you find
You get what you need

Autour de Gé des jeunes gens, devant leurs appareils électriques, s'en donnaient à cœur joie.

-Gloire à Nikola Tesla et son courant alternatif, merde à Thomas Edison et son courant continu. Les seuls à réunir les deux, bien que très portés sur l'alternatif, sont les gus d'AC/DC les Écossais, australiens de Sydney, s'écria Gé.

Sur des tapis verts des billards les billes se carambolaient. Les flippers Gottlieb voyaient leurs boules rebondir sur leurs bumpers, leurs kickers, leurs slingshots, leurs spinners tournaient comme les ailes de moulins les jours de grands vents. Des tilts résonnaient aux cadrans des frontons. Sur des baby-foot, dans un bruit sec et métallique des balles ressortaient des buts, gamelle, casserole !

Sur une autre table de football voisin : gosse, pissette, reprise, jargonnaient à tour de rôle des baby-footeurs, le jeans blanchit sur les cuisses à coups de brosse de chiendent trempées dans l'eau de javel... Sur un autre appareil, des rampes de joueurs métalliques ratissaient, se lançaient dans d'interminables roulettes, des tourniquets, tout ça sans se soucier des règles.

Al remarqua un grand gus qui ressemblait, en plus

jeune, au macchabée qui barrait l'entrée. Il se dirigea vers lui. Le regardant droit dans les yeux, il lui demanda ce qu'il foutait là devant le Swing Along 1963 à deux joueurs. Le modèle avec la fille en chemisier rouge et jupe bleue montée sur ses escarpins rouges qui présente les scores sur le fronton, alors qu'il était dessoudé devant l'entrée.

Le gars interloqué en perdit sa boule. Il allait claquer 1300 points et sa première partie gratuite... De colère il tenta de foutre son poing dans la gueule à Al. Voyant le geste arrivé, Gé qui les observait, dégaina son Katar, un poignard du nord de l'Inde qui ne le quittait jamais. Il lui visa le bras. Le gus stoppa net son geste dans un cri aigu. Un silence de mort se fit. Des paires d'yeux apeurés convergeaient vers le gus cible. Gé saisit ensuite son Beretta fs Cheetah 7,65, il visa l'œil, fit feu sur l'énergumène à deux reprises. Un réflexe appris au cours des stages de gestion des manifestants.
Pour neutraliser l'adversaire, vise l'œil !
La pédagogie de l'instructeur.

Curieusement le gus n'avait aucune blessure visible. Pas d'hémorragie, aucun dommage. La cible médusée regardait son bras, vérifiait sa tête.

Gé récupéra son Katar planté dans le pied d'un billard, contrôla son gun, il manquait bien deux balles dans le chargeur.

Al eut l'intuition qu'étant dans le The Good Old Time, un endroit hors du temps, tous revenus dans le temporel des années soixante, ce gus, en cette époque bénie où le rock'n'roll enchantait nos vies, ne les ayant jamais croisés, il ne pouvait pas être ni blessé ni tué par eux. Il lui faudra attendre l'année deux mille vingt pour se faire occire devant la porte du The Good Old Time. Gardant toujours le sens de l'humour, se tournant vers Gé :

-Je n'ai pas vu Desdémone allongée près du gus à

l'entrée, ce qui prouve qu'il n'est pas Maure...

-Ce n'est pas William ni son chat qui expire, c'est ce gus, lui répliqua Gé.

Pour le poing dans la gueule, Al se demanda s'il ne l'aurait pas pris sans l'intervention de Gé. Il posera la question par mail à Aurélien Barrau. Al avait encore des lacunes question physique quantique. Le coup des ondes qui se matérialisent juste en les regardant... Il sentait que c'était plus compliqué que ça. Les gus sont trop spécialisés, ils ne conçoivent jamais le général.

Gé s'avançant vers le grand gus lui demanda de décliner son identité.

-Pourquoi, t'es de la police guignol ? Questionna l'arrogant qui se croyait devenu immortel, depuis que les balles l'épargnaient.

-Tu vois juste ! Lui balança dans les dents Gé en sortant sa carte, qu'il accompagna d'un bon coup de latte dans le tibia de l'irrespectueux.

Gé appliquait toujours à propos le proverbe bien connu :

« Joindre l'inutile au désagréable ».

Le futur occis, surpris, déclina son identité, en grimaçant, il se frotta la jambe.

-Luc-Jean Delabranche.

-Vous connaissez-vous des ennemis ?

-À part ma femme, je ne vois pas, plaisanta-t-il.

-Aucune menace, lettre anonyme ?

-Non, jamais.

-Pourtant en sortant de là, de retour en deux mille vingt vous allez être poignardé... saigné comme un goret. Aimez-vous jouer à Hara Kiri ? N'avez-vous pas de tentation suicidaire ? Êtes-vous comédien, aviez-vous le rôle du mouton cette année un 31 juillet, jour de l'Aïd-El-Kébir.

-En aucune façon, j'ai comme qui dirait la fureur de vivre, pour preuve mes amis me surnomment James Dean.

-Curieux je n'ai pas vu Little Bastard sur le parking.

-Je n'ai pas les moyens de posséder une Porsche 550 spider.

-Pourquoi lui demandes-tu ça ? Questionna Gé.

-Il a l'air tellement con, on ne sait jamais... Un suicide ça te clôt vite fait une enquête. Cela nous permettrait de terminer notre partie de puits, feuille, pierre, ciseau.

-Pourquoi ne pas nous départager au flipper, j'ai le choix des armes, je choisis le Swing Along.

Profitant de l'interrogatoire de Luc-Jean, un couple jouait déjà sur le flipper désigné. Il possédait plus de cinq parties gratuites au compteur, il en claquait encore.

Al se dirigea vers le juke-box qui se taisait depuis quelques secondes. Il inséra huit pièces et sélectionna huit fois Bruyères Corréziennes de Jean Ségurel à l'accordéon. La version 1963.

J'indique l'année pour les amateurs de précisions, ce qui n'apporte rien au récit, les autres versions sont tout aussi chiantes.

Les oreilles, le cerveau, la tête, agressés par le musette déversé par le piano du pauvre, le même air revenant en boucle, les deux joueurs n'arrivaient plus à se concentrer. Ils s'énervaient, perdaient des billes imperdables. Les tilts se succédèrent. Ils déclarèrent forfait à la quatrième interprétation de l'air inspiré par Jean Leymarie sur ces putains de bruyères en fleur observées sur les flancs des Monédières. Le pouvoir de la musique. Encore une fois la démonstration en était faite !

-Tu vois Gé, la sagesse populaire a raison de dire que : la

musique adoucit les mœurs, ils ont cédé la place. Nous n'avons pas eu à leur casser la gueule pour leur piquer le flipper. Ils ont même laissé des parties gratuites. Débranche le biniou à musique, le disque du tripoteur de boutons de nacre commence à me gonfler grave. À la seule évocation des bruyères je vais tout droit vers le choc anaphylactique. Je vais finir par craquer. Je risque d'être obligé de fuir loin, à l'extérieur de ce rad, pour rejoindre nos innocentes victimes, contraint par mes oreilles. L'instinct de survie qu'il ne faut jamais sous-estimer.

Le calme sonore revenu, Al et Gé lancèrent leurs billes en alternance. Al commençait à prendre la tête. Trop sûr de lui, il fit une connerie. Crapotage trop violent. Les secousses latérales pour coincer la bille dans un couloir au-dessus du contacteur distribuant les points lui avaient été fatales. Il menait avec mille six cents points. Gé gagna la partie. Mille trois cent soixante plus une partie gratuite contre un lamentable « Tilt ».

Gé se tourna vers Al :

-Ce n'est pas tout ça camarade, il y a une enquête qui nous attend. Interrogeons quelques habitués pour glaner des tuyaux sur ce gus. Quelqu'un pourra peut-être nous fournir un motif possible pour expliquer les raisons de son dézingage.

Albert et Gérald

Gé interrogea une nommée Sylvie, retraitée, habituée du Good All Time qui, une fois le sas d'entrée passé, retrouvait ses vingt ans, la totalité de ses dents, une tonicité pectorale, la fameuse remontada des nichons. Rousse à longues jambes, elle gagnait à être vue à l'intérieur de l'établissement.

Sylvie côtoyait souvent Luc-Jean. Elle ne lui connaissait pas d'ennemis. Homme insignifiant, sans réel talent, ni envergure, elle ne voyait pas qui aurait pu le trouver gênant. Elle confirma que comme humain c'était du banal, du quidam qui ne se remarque pas, le genre à ne faire d'ombre à personne... et pour cause, le soleil lui-même ne le calculait pas.

Pas plus avancé Gé repartait rejoindre Al lorsqu'une toute petite fille l'arrêta :

-Monsieur, monsieur, moi je le connais Luc-Jean. Il est gentil, il me donne des Chamallows et des fraises Tagada.

Gé lui demanda son nom.

-Je m'appelle Séraphine Zilda, répondit l'enfant.

Gé la regarda avec surprise. Il se trouvait devant la Séraphine qu'il rencontrera vingt ans plus tard au Dance'in Club 11 rue de l'Hermitage à Bordeaux. Devenue une belle jeune femme, il la séduira sur
« A Whiter Shade of Pale » de Procol Harum.

Après des fiançailles éclairs, il obtiendra d'elle un oui devant le maire, six mois plus tard. Il la dévisageait. Les dents équipées de bagues d'orthodontie, il avait du mal à percevoir ses mystères à venir de séduction.

Séraphine tout sourire quitta Gé et se dirigea, en sautillant deux pas sur une jambe, deux pas sur l'autre, vers Luc-Jean. Elle s'adressa à lui :

-J'ai raconté que des craques au Monsieur là-bas, je lui ai dit que tu me donnais des Chamallows et des fraises Tagada, que c'est même pas vrai, c'est des Carambars et de la poudre de Coco Boer pour boire dans mon verre que tu me donnes...

Un peu sonné par cette rencontre, Gé retrouva Al qui conversait avec un Américain en voyage en Europe. Un type étrange, ne portant pas de chaussures, les mains gantées de cuir épais, pas le genre que tu rencontres à tous les coins de rues.

Ted Pringston, qu'il se nommait le gars.

Un gus habitant Milford, près de Baltimore. Un fan d'Australie, amoureux fou des kangourous. Pour un gus de Milford ce n'est pas du courant. Il expliquait en de longues phrases hésitantes, dans un français approximatif, (en d'autres temps j'aurais écrit en petit nègre. C'était au temps béni de la liberté de penser, du droit de faire fausse route, de prendre les chemins de traverse, avant la dictature du politiquement correct imposé par la clique qui croque les miettes, et de la prise du pouvoir par Sa Majesté l'hypocrisie). **Cet amour fou de l'Australie, des Aborigènes et de ses kangourous, le pourquoi de sa façon de se tenir debout, expliquait le peu de choses qu'il savait de Luc-Jean, sa vision sous la ceinture.**

-Lui as-tu demandé s'il avait des renseignements sur notre gus, les causes possibles de son agression ? Demanda Gé.

-Ne passe pas la moissonneuse avant le semoir, laisse germer, croître et mûrir, répondit Al, qui, en ce 21 ème siècle, en avait assez des charrues que l'on persistait de foutre avant ces putains de bœufs. Qui encore dans nos campagnes a vu travailler des bœufs, qui sait les atteler sous le joug, les conduire à l'aide d'un aiguillon, dans les générations de moins de soixante ans. Je n'interroge pas les citadins, incapables de faire la différence entre une vache, une génisse, un taureau et un bœuf. Ils te prennent une paire de couilles de taureau pour des mamelles à quatre trayons de vache.

Il résuma qu'en fait Ted ne le connaissait pas plus que ça. Le visage du gus ne croisait pas son champ visuel. Ses traits lui étaient pratiquement inconnus, par sa position, ce n'est pas la partie de son corps qui lui bouchait la vue. La seule chose qu'il pouvait leur confirmer, ce qu'il avait eu le plus souvent sous le nez, c'était que le gus avait des genoux cagneux.
God bless his knees, ponctua son intervention.

Al nota ce détail sur son carnet, il était certain du jugement de ce gus, considérant sa position privilégiée pour observer ce genre de détail. Artiste peintre de profession, gus déjà connu des lecteurs, de qualité et de QI élevé, fans de mon roman en vente sur Amazon « Baltimore Hécatombes » (https://www.amazon.fr/Baltimore-hécatombes-Alain-Rene-Poirier/dp/2322094838/ref=sr_1_9?__mk_fr_FR=%C3%85M%C3%85%C5%BD%C3%95%C3%91&keywords=alain+ren%C3%A9+poirier&qid=1582356699&sr=8-9).

Sous la latitude de nos contrées, Ted ne se déplaçait qu'en marchant sur les mains. Par idéologie et conviction, mettant en pratique ses théories, il passait ses jours à faire le poirier, à pratiquer ce qu'il nommait le « handstand walk ».

Par courtoisie, dans l'établissement où il tenait ses habitudes lors de ses séjours dans notre soft dictature, une chaise percée lui était dédiées. Pour se reposer, il passait la tête dans le trou, prenait appui sur les épaules. Elle avait été installée par le tenancier des lieux. Cela lui permettait de se reposer les bras, de goûter à quelque repos.

Le gus expliqua, aux deux enquêteurs estomaqués, sa position antipodique par son admiration pour l'Australie, son amour des peuples aborigènes de cet hémisphère sud. Lorsque ses occupations professionnelles, les expositions de ses œuvres, le tenaient dans l'hémisphère nord, cette verticalité inversée lui permettait de partager l'orientation géographique de ses amis Australiens, en regard du reste de l'univers. Ainsi, il se sentait en parfaite symbiose avec eux, en communion.

  Al le remercia pour sa collaboration, lui exprima sa reconnaissance pour les précieux éléments fournis, indications permettant de faire avancer l'enquête.

  L'homme en équilibre sur une main recoiffa son arrière-train d'un chapeau Tyrolien orné d'une plume de casoar. Un souffle dont nous ignorons l'origine fit osciller les fibres de cette plume qui rappelle le poil de chèvre. D'un pied agile, il reprit sa queue de billard en frotta l'extrémité de sa craie bleue de chez « National Tournament ». tira sur sa bille blanche qui en frappant trois bandes alla, d'une trajectoire au millimètre, caramboler la bille rouge puis la blanche pointée.

  -Je crois que nous avons récolté le maximum d'informations, dit Gé à l'adresse d'Al.

  -Je le crois aussi, sortons.

Nos deux compères s'apprêtèrent à quitter les lieux, se dirigeant vers le sas de sortie ils entendirent :

  -Au revoir les kangourous, crié par Ted qui venait de sélectionner sur le juke-box un air de Lewis Burns, ce joueur Aborigène de didgeridoo.

  -Salut à toi le « à l'envers » s'écria Al.

Puis s'adressant à Gé :

  -Sortons en sautant comme des kangourous, ça lui fera plaisir, nous lui devons bien ça.

  -D'accord Al, mais lesquels, des marsupiaux il y en a cinquante-cinq espèces, de kangourous j'en connais quatre :
le kangourou gris,
le kangourou géant

Albert et Gérald

le kangourou roux
le kangourou antilope
puis t'as les wallabys... ?
    -Fais comme tu peux ! Moi je calque mes sauts sur ceux du Thylogale Billardierii.
    Ils sortirent en bondissant.
    -Fucking men, s'il vous voyaient les imiter, vous feriez rire les macropus rufogriseus, s'esclaffa Ted.

Albert et Gérald

Albert et Gérald

Gé, en fin de journée regagna son home sweet home. Il y retrouva son épouse Séraphine Zilda. Zilda que nous appellerons Robert pour ne pas provoquer la censure de la police des consciences, des ayatollahs du bien penser, des gardiens du nouveau politiquement correct. Nous ne nous attacherons pas au « genre » dans ce roman, faut vivre avec son temps, ne pas être à une connerie près. Nous nous soumettrons à ce courant de pensée également pour inscrire ce livre dans la modernité, le sens de l'histoire, suivre le vent. L'auteur ne veut pas d'ennuis avec toutes ces polices. Pour éviter toute polémique, ne pas susciter de vantardise de mâles se croyant supérieurs, ni risquer de complexer ceux dépourvus d'attributs, tous nos personnages masculins auront un pénis d'une taille standard de neuf cm au repos et de treize cm en érection. Tout dépassement à cette règle sera sévèrement sanctionné. Un fichier de vidéos sera conservé en cas de contestations, sous le nom de code « Bitalamain Grivois ». Nous nous conformerons donc à une stricte égalité des sexes pour ne pas risquer la censure.

Robert, compagne volontaire de Gé, (Gé ayant obtenu son consentement explicite, conscient et volontaire suivant le modèle de la loi californienne la fameuse « Yes Means Yes » (*Consentement explicite : l'accord explicite ne peut être donné par quelqu'un d'endormi, d'inconscient", ou s'il ou si elle est "sous l'influence de drogues, d'alcool ou de médicaments", stipule le texte de loi 967 sur les agressions sexuelles sur les campus)*).

Robert que par simplification nous désignerons par son diminutif Bob (Bob venant des termes germaniques Berht et Hrod qui signifient brillant et gloire).

Bob avait lancé la lecture numérique de :
« Octopus » de Syd Barrett
sur Youtube pour accueillir son compagnon.

Gé préoccupé par ce qu'il venait de vivre ne remarqua pas l'intention. Habituellement une musique de Syd lui signalait l'humeur badine de Bob. Syd devait lui évoquer un dîner aux chandelles, les fameux verres à vin en forme de tulipe pour humer et savourer un « Ruinart 1729 » brut, des mets aphrodisiaques précédant une soirée câline.

Bob observait Gé. Ce soir, depuis son retour, il lui semblait avoir un regard différent sur elle. Il éprouvait comme une gêne en sa présence. Elle ressentait le non-dit.

Gé faisait comme si de rien était. Il essayait de garder une contenance. Bob sentait bien qu'il cachait quelque chose. Il semblait gêné aux entournures.

La fameuse intuition féminine.

Évoquant son enquête en cours, Gé s'exprimait en termes vagues. Il se contentait de décrire le côté curieux d'un établissement d'un autre âge, de personnages d'une autre époque. Il évitait soigneusement d'entrer dans les détails, d'expliquer ce qu'il considérait comme étrange. Ses phrases s'interrompaient en leur beau milieu, restaient en suspens. Il en commençait une autre, ne la terminait pas non plus. Il gardait l'air songeur du gars ailleurs.

Bob, de plus en plus intriguée par l'attitude de Gé, tenta de lui arracher le nom de l'établissement justifiant sa surprise, son embarras. À force de questions, de minauderies, de promesses implicites d'intimité agréable, Bob finit par obtenir le nom de l'endroit :

-The Good Old Time.

Elle eut comme un frisson. Ce nom... Un souvenir fugace, aussi vite évanoui qu'il était apparu. Un nom qui ravivait quelque chose en elle. Une empreinte enfouie dans sa mémoire. Bob avait beaucoup de manques concernant ses premières années de vie. Un peu comme si elle était née à six ans. Avant... le black-out !

Un lourd traumatisme avait mis en sommeil ses primes souvenirs.

À la suite du décès de sa mère, de la disparition inexpliquée de son père, Bob avait été adoptée à l'âge de six ans. De sa mère biologique, pharmacienne, elle n'avait qu'un très vague souvenir. Elle ne pouvait dire si, ce qu'elle se souvenait d'elle, faisait partie de ses données personnelles ou était créé par le peu d'histoires de ses origines racontées ou lues a posteriori.

Rachel, sa mère, avait été tuée le 19 décembre 1969. D'après la justice, elle, comme sa préparatrice de la pharmacie Delaunay, elles avaient perdu la vie lors d'un braquage auquel aurait pris part Pierre G* (homme d'or).

Ce dernier avait été dénoncé à la police par deux anonymes.

Écrivain se voulant révolutionnaire, essayant de mettre ses pas dans ceux de son aîné et ami Régis Debray, il clama toujours son innocence. Soutenu par les intellectuels de gauche de sa communauté dont certains voulaient faire oublier leur attitude au cours d'un passé récent ou leur origine de naissance du côté des cuillères d'argent d'origine dans la bouche et des petits doigts en l'air, tel Sartre, de Beauvoir, Signoret ou le chanteur **Le Forestier** (la vie d'un homme), Pierre niait toute participation à cette agression.

Un second procès s'ouvrira, ses avocats Kiej*(homme)...

et Poll* (irrespect pour Polonais)... feront en sorte que sa culpabilité ne soit pas reconnue pour les deux meurtres de la pharmacie du boulevard Richard Lenoir, Paris 11 éme arrondissement. Il sera condamné à douze ans de réclusion criminelle pour trois autres vols à main armée. Celui de la pharmacie Farmachi de la rue Ernest et Henri Rousselle dans le 13 ème, celui de Vog, un établissement de haute couture, et celui du payeur des allocations familiales attaqué dans le dix-huitième arrondissement de Paris, passage Ramay.

Pierre G* (homme d'or), demi-frère du chanteur de même nom, se rendait à un rendez-vous avec le fameux journaliste Pierre Bénichou, l'ami de tous ceux qui prennent la lumière, de Coluche à Ruquier. Il lui reprochait l'écriture de son livre « l'ordinaire Mésaventure d'Archibald Rapoport ». Livre qui pouvait mettre en doute son innocence.

Pierre G* (homme d'or) en chemin pour rejoindre Pierre Bénichou, le 20 septembre 1979, sera assassiné à bout portant de sept balles de calibre 11,43 mm et deux balles de 9 mm tirées par un Mac 50 et un P38, place de l'Abbé Georges Hénocque dans le 13 ème arrondissement de Paris. Acte revendiqué par le groupe clandestin « Honneur de la Police ».

Bob avait lu quelques articles de cette époque, c'était pour elle abstrait et douloureux à la fois. Gé n'avait pas très envie de raviver ces laves prêtes à jaillir qui couvaient sous la croûte autoprotectrice de son inconscient.

Gé se demandait ce qu'elle savait de ce Luc-Jean. La petite fille du The Good Old Time semblait mieux le connaître que ce qu'elle avait laissé paraître. C'est l'impression qu'il avait eue. D'ailleurs il n'y avait personne d'autre s'intéressant à elle dans l'établissement. Qui d'autre l'aurait accompagnée ?

Gé pressentait que Luc-Jean était beaucoup plus proche d'elle que le simple monsieur qui offrait des Chamallows et des fraises Tagada.

Lui faire remonter ce souvenir, voire, lui faire prendre conscience que la victime de son enquête était de sa famille proche, une possible passerelle pour comprendre ses origines, puis dans la foulée lui briser cet espoir, en lui annonçant la mort du gus, tout ça dans le même mouvement. Up and down. Lui refermer, aussitôt ouverte, la fenêtre donnant sur ses espoirs d'informations sur elle, ses origines, son histoire... Lui avouer qu'il avait tiré dessus son...

Gé, lui-même, était abasourdi par tant de coïncidences. Il comprenait aussi pourquoi Bob, d'instinct, ne pouvait supporter d'entendre chanter Jean-Jacques G* (homme d'or). Même si le pauvre ne pouvait être tenu responsable des actes supposés de son demi-frère. Actes qui ternissaient la gloire de leur nom. Gloire gagnée au combat par l'héroïsme de Alter Mojszet G* (homme d'or), son père. Ce grand résistant mettant sa vie en péril pour combattre la barbarie du nazisme. Une lutte à laquelle avait largement participé la mère de ce demi-frère, Janine Sochaczewska. Cette mère, après la guerre, partie seule en Pologne pour soutenir l'instauration du régime communiste. Frère qui s'était perdu en tentant d'être à la hauteur de son nom, de ses géniteurs, de mettre ses pas dans ceux de héros chaussant plus grand que lui, grâce à des circonstances plus propices à voir grandir son pied. Frère, parcourant désespérément le monde pour y trouver une cause à la mesure de ses ambitions, avant de se résoudre à des braquages qu'il voulait révolutionnaires. Frère né trop tard pour pouvoir, dans de justes combats, se hisser au niveau de ses origines, pour égaler l'héroïsme de ses parents.

Frère qui voulait peut-être aussi, inconsciemment, effacer le peu d'engagement de beaucoup de ses condisciples, qui n'eurent de fait d'armes que de se terrer pour protéger leur vie, en risquant celle de ceux qu'ils nommeront les justes. Tout le monde n'a pas l'étoffe des héros, c'est ce qui leur permet de l'être. Dans le cas contraire, ils tomberaient dans le camp des ordinaires, de ceux qui admirent.

Albert et Gérald

Al poussa précautionneusement la porte de sa maison.
-C'est moi, Bill, je suis de retour chérie.
Al prévenait toujours sa compagne de peur de se voir tirer au Taser.
Bill, après une agression dans sa petite enfance, en était restée traumatisée. Depuis, elle était toujours sur la défensive.
Pour éviter de se voir électrocuter et passer sa soirée à récupérer, Al prévenait toujours. Un SMS dix minutes avant son arrivée puis, de la voix, en poussant la porte de son nid d'amours.
Al en voulait à ce gamin qui, lors de sa scolarité en moyenne section de maternelle, avait agressé sa compagne. Son Psy qu'elle voyait depuis cette sinistre date, la pensait en bonne voie de guérison. Encore quelques séances à deux cents cinquante euros, en liquide, correspondant au solde du crédit de la Porsche Panamera Turbo S E-Hybrid Sport Turismo du thérapeute... Le Psy avait succombé à la mode écolo, il roulait hybride.
Le plus difficile à supporter pour Bill, à chaque passage à la télévision de la publicité pour « Le petit écolier de LU » ce gâteau chocolaté pour le goûter des enfants, elle revivait son harcèlement, ses agressions répétées, revoyait son voleur la frapper, lui tirer les cheveux, la terroriser pour lui dérober à quatre heures, heure du goûter ses « choco BN » La biscuiterie Nantaise (BN) devenue Britannique (United Biscuits) puis Turque (Yidiz Holding). La marque originale ayant disparu,

Bill avait réalisé un transfert sur « Le petit écolier de LU ».

Bill embrassa Al, puis regagna la salle de bain pour terminer de s'apprêter pour lui faire honneur. Bill en pleine période d'ovulation pensait à la pérennité de leurs lignées. Elle imaginait la maison remplie de têtes blondes grignotant des gâteaux chocolatés sans être dérangés. Leur bonheur, elle s'était promis d'y veiller. Elle rectifia le contour de ses lèvres, les colora, défit ses cheveux, mit quelques gouttes de « Délectation Splendide » By Terry, flagrance sensuelle et délicieuse aux notes florales boisées à la fève tonka et patchouli vanillé, dégrafa les deux premiers boutons de son chemisier, enfila sa jupe Jela London de gogo danseuse rock. Elle hésita sur le choix de sa petite culotte. Le string risquait de couper l'élan en cas de corde malencontreusement lâchée au moment où la pulsion atteindrait son paroxysme. Pas cool et contre-productif pour le désir reproductif. Elle décida de s'en passer, ne voulant pas risquer de tempérer un désir spontané.

Al se prépara un verre. Il versa six centilitres de Schweppes Tonic Original dans un verre tumbler, ajouta deux centilitres de cognac Chollet XO, mélangea le tout de sa cuillère à long manche, s'assit dans le canapé Connelly pour siroter lentement sa boisson. De petites bulles éclatant à la surface lui pétillaient le nez. Al repensa à cette journée, à l'histoire incroyable de Gé croisant sa future épouse vingt ans avant de réellement la rencontrer, du gus traversé sans mal par le poignard et les balles... Il n'osait en parler à Bill. Elle le prendrait pour un fou.

Al en était là de ses réflexions lorsqu'il ressentit une irritation de sa gorge. Un picotement, il se crut fébrile. L'épidémie de grippe avait déjà colonisé une grande partie du sud-est du pays. N'étant pas vacciné il décida de commencer son traitement préventif.

Albert et Gérald

Al n'était pas foncièrement contre la vaccination. C'est un progrès médical. Par elle des vies ont été sauvées. Même si les autorités font semblant de nous faire croire, que le problème des opposants aux vaccins actuels, n'est qu'entre les passéistes anti-vaccinations et les progressistes farouchement pour. Le vrai problème, comme toujours, est ailleurs. Le sujet est l'adjuvant aluminium.

Pourquoi, se demandait-il, toutes les publicités pour le moindre déodorant prennent-elles la peine d'attirer notre attention sur le fait que leur produit ne contienne pas cet aluminium dangereux pour notre système immunitaire, lorsqu'il se trouve sur notre peau.
Pourquoi n'y a-t-il plus de problèmes lorsqu'il nous est injecté avec le vaccin ?
Pourquoi depuis la fusion de Pasteur Vaccins et des laboratoires Mérieux, l'adjuvant inoffensif qu'était le phosphate de calcium a-t-il été remplacé par l'hydroxyde d'aluminium?
Pour faire du fric !
Ces enflures des laboratoires privés se foutent de notre santé. Avec leur aluminium, sont même prêts à nous transformer en casseroles. Ils ne sont plus là pour nous guérir, juste pour atténuer les effets sans supprimer les causes... Le but de leurs recherches, nous maintenir dépendants à vie. Nous ne sommes plus des patients à guérir, juste des sources de profits.

Gueulez les écolos, réveillez-vous, il n'y a pas que le CO^2 dans la vie. Révisez vos cours de chimie, l'aluminium pour l'obtenir d'un point de vue empreinte carbone...

(Le phosphate de calcium : un adjuvant efficace, sûr et disponible. L'Institut Pasteur a décidé, au début des années 1970, de retirer l'aluminium comme adjuvant de ses vaccins et de le remplacer par le phosphate de calcium, pour des raisons de Santé Publique. Le Pr Relyveld, chercheur de l'Institut Pasteur, est à l'origine de ce choix. Lors du Congrès international sur l'histoire de la

vaccinologie (1995), il expliquait ainsi les raisons ayant amené l'Institut Pasteur à privilégier le phosphate de calcium : « L'utilisation du phosphate de calcium offre de nombreux avantages. Principalement parce qu'il est un constituant naturel de l'organisme, bien toléré, et facilement résorbé. Il a été démontré que, contrairement à l'aluminium, le phosphate de calcium n'accroît pas la production d'IgE spécifique ou totale chez l'homme ou l'animal, même après des injections répétées. Cet ancien Professeur de l'Institut Pasteur resta impuissant à maintenir les vaccins inoffensifs produits par Pasteur (substrat de Phosphate de Calcium) au profit des vaccins toxiques sur Hydroxyde d'aluminium, imposés par les Laboratoires Mérieux. Ce processus industriel fit suite dès 1984 à la fusion financière de l'Etablissement public Pasteur et le Laboratoire privé Mérieux)

Pourquoi ce choix ?
J'ai peur que la réponse ne soit que:
Le pognon.
Pourquoi nos soi-disant spécialistes de la santé jouent-ils à l'autruche ?
J'ai peur que la réponse ne soit une nouvelle fois :
Le pognon...

Qui paye des études bidons validant l'intérêt des vaccinations avec aluminium, bénéfice risque positif, jamais de comparaison avec des vaccins au phosphate de calcium pour démontrer que le risque serait diminué et le bénéfice au minimum identique... Grâce à ces budgets de recherches bidons fournis par l'industrie pharmaceutique, sommes qui compensent le manque de crédits d'État, nos compromis de la caution scientifique peuvent financer de vraies recherches, où ces spécialistes de renom feront briller leurs noms dans des publications du « The Lancet »? Renommée et ceinture dorée vaut bien quelques subordinations.

Qui paye également les campagnes électorales de nos édiles ? Pas très regardant le ministère de la santé? Une fois élu, le bien commun rime avec mon cul... une seule vision, la réélection à venir. Payer aussi le cortège des aboyeurs pour

justifier la légitimité des mal élus, plus l'aboyeur appartient à la niche des sociaux traîtres, plus le libéral élu par supercherie pavane sur ses ergots.
J'ai encore peur qu'une fois de plus la réponse soit univoque :
Le pognon.
Une petite voix dit à l'oreille D'Al :
    -tu vis en système libéral, ne soit pas naïf, soit un peu réaliste mon garçon... Ne pars pas non plus dans des rêves utopiques, tu vis en mondialisation, le système fait bloc, si tu veux sortir des rails qui te sont affectés, ils t'assiégeront, te blocusseront, te feront rendre gorge, ce sont eux qui ont le pognon et les moyens de production. Ils te priveront même du nécessaire... Comme le libéralisme la révolution sera mondiale ou ne sera pas.

    Après cette digression philosophique utile à faire baisser les tensions dues à ses pensées, Al raisonna :
    -la grippe frappe peut-être à ma gorge... D'urgence il me faut la prévenir, éviter qu'elle gagne la partie.

    Al se leva pour se servir un verre de Cognac, se justifiant :
    -Depuis quelques années sans vaccin je passe à travers l'épidémie. Une seule stratégie, celle permettant de tuer le virus dans l'œuf... A chaque alerte, au premier picotement de la gorge, un petit verre de cognac XO Chollet, gardé en bouche, grumé, puis avalé lentement à petites gorgées, ses vapeurs imprégnant la totalité de ma bouche, nectar cicatrisant les cellules attaquées par l'orthomyxovirus influenza et sa clique.

    Traitement effectué, Al rejoignit Bill qui regardait maintenant une série télé.

    Bill de son vrai prénom Émilie, mais que nous continuerons de désigner par Bill pour les raisons déjà exposées.

Al arriva juste au moment où, dans la série, un groupe de jeunes manifestait contre la souffrance animale. Des militants purs et durs, n'ayant pas à gagner leur vie, dépendants financièrement de leurs familles. Ils pouvaient revêtir le costume de ceux qui n'acceptent aucune compromission. Trop jeunes pour avoir étudié le dossier en profondeur, surfant sur l'écume. Ils condamnaient les lampistes, jamais ceux qui, avec leur système, en sont les véritables causes, les vrais responsables. Ceux avec qui, devenus indépendants pécuniairement, ils traiteront dans un proche avenir, voire feront tout pour les maintenir en place en contre-partie d'en croquer un peu aussi.

Al voyait le chemin parcouru par tous ces révolutionnaires de mai 68, tous fils de bourgeois. Maoïstes, Trotskystes, gauche prolétarienne, tous devenus thuriféraires de nos montreurs de marionnettes. Combattant sur les plateaux télé leurs clones de l'époque où ils étaient étudiants, avant que le retour au bercail, les ventripotences, les privilèges de l'argent facile, ne leur fassent retrouver leur vraie place. Leur amour du peuple ne dure généralement que le temps de quelques saillies. Ils sont rusés les renards.

Al sur l'idée de bien traiter les animaux n'était pas contre. De les respecter bien sûr, mais sans faire d'anthropomorphisme. Sur les méthodes et les cibles se voyait plus dubitatif.

Qui pousse les pauvres contraints à ces métiers mal payés de l'élevage intensif, des abattoirs, à agir comme ils le font ?

La pression de la course aux profits, les donneurs d'ordres qui exigent toujours plus de retour sur investissement, ceux bien au chaud dans les beaux quartiers qui accumulent des richesses en exploitant ces manants, prônant l'augmentation permanente du PIB, la natalité en expansion indispensable selon eux à la croissance... réduisant l'espace géographique naturel des espèces sur cette terre. Terre cette idiote, qui ne comprenant rien au libéralisme, ni à l'économie, n'est pas elle, cette conne, en expansion. Putain de terre finie qui met des bâtons dans les roues des pensées main stream de nos clonés économistes.

Grâce à cet argent obtenu sur le dos des prolos, les enfants de la caste des privilèges font des études, s'empiffrent de la culture qui faut et qui prouve l'origine, possèdent tout le confort moderne, du smartphone vert au godemichet connecté tout aussi vert. Ils peuvent payer les scolarités des écoles qui ouvrent les portes pour rejoindre le clan, ces écoles de commerce réservées au gratin, pognon oblige, où ils apprennent en plus de la cupidité, à ne rien voir au-delà du trimestre pour pouvoir se remplir les poches.

Pour se dédouaner la culpabilité, les petits chéris, le temps que l'acné leur passe, sur leur temps libre, organisent des manifestations spectaculaires en prenant pour cible de pauvres victimes du système, gus sciemment abêtis pour les transformer en bêtes de somme, peuple devenu populace qui n'en peuvent mais... *(Ce mot « mais » vient du latin 'magis' qui signifiait 'plus' ou 'davantage')*.

Comme il est doux de culpabiliser les autres avant de plus tard rejoindre la caste qui se bat bec et ongles pour conserver ses privilèges...

Al haussa les épaules et devant tant de connerie humaine, préféra aller se coucher.

Pendant son sommeil, miracle des bienfaits du cognac, l'influenza, bourré comme le langage populaire en affuble les sujets descendant de Mieszko 1er, s'enfuit comme un voleur.

Sa gorge avait gagné la partie. Al échappa une fois de

plus à la grippe.

Saint Cognac devrait être ajouté à la liste des Saints bienfaiteurs dans notre calendrier.

JP retrouva Dolorès, marcel et short en jeans, qui cuisinait au chaud dans leur villa des beaux quartiers dominants la ville.
Jeunes mariés ! Ils étaient jeunes mariés !
Dolorès préparait pour ce soir une tchoutchouka accompagnée de sa brochette d'agneau.
L'odeur d'oignons revenus dans l'huile d'olive, de cumin, d'agneau grillé chatouillait les naseaux, alors que les oreilles ne restaient pas en reste.
Syd Barrett interprétait une version particulière de « I'm A King Bee » le swamp Blues composé par Slim Harpo en 1957. Dolorès, raffiné dans ses goûts aimait cuisiner en musique.
Dix ans de vie commune, dix ans que Dolorès confectionnait avec amour des petits plats pour JP.
Au détour d'une loi récente, ils eurent la possibilité d'officialiser leur amour.
Le mariage !
Enfin la reconnaissance par la société de leur droit de s'aimer!
Imitant Siegfried, offrant sa « der Ring des Nibelungen » à Brunehilde sa walkyrie, depuis l'été dernier, JP et Dolorès portaient à l'annulaire gauche l'anneau symbole de leur union.
Dans l'antiquité grecque comme pour l'égyptienne, la croyance voulait que ce fût le seul doigt à posséder une veine reliant directement le cœur, la « vena amoris ».

Dolorès se prénommait en réalité Guillaume.
Par commodité, pour ne pas compliquer la compréhension du récit, nous le nommerons par le diminutif de Dolorès : Lola.

JP malgré son devoir de réserve concernant une enquête en cours, trouvait l'histoire tellement abracadabrantesque qu'il ne put tenir sa langue. Il n'attendit pas le confessionnal nocturne de l'oreiller pour s'en ouvrir à Lola. Ce dernier dans un premier temps n'en crut pas ses oreilles. Devant ses fourneaux, la tchoutchouka en route, il préparait pour le lendemain une blanquette de veau. JP trouvait que réchauffée, la blanquette n'en était que meilleure. Lola la préparait toujours d'avance. L'histoire narrée par JP lui paraissant tellement incroyable qu'il en arrêta un instant de tourner la cuillère de bois qui, dans la casserole, touillait la sauce blanche de sa blanquette. Il se reprit juste à temps avant que la farine n'attache au fond de la casserole, donnant ce goût de cramé si désagréable.

JP un instant inquiet, poussa un ouf de soulagement lorsque Lola le rassura sur la réussite de sa sauce blanche. Il avait repris à temps son geste mélangeur qui permet une égale répartition de la chaleur, une cuisson harmonieuse de la sauce fluide, onctueuse, lisse et sans grumeau. JP détestait le goût de brûlé, cela lui gâtait les papilles, lui atténuait grandement le plaisir gustatif. Heureux d'échapper, par sa faute, au goût de brûler, il serra fortement Lola dans ses bras pour lui témoigner sa satisfaction. Lola se pâmant devant cette preuve d'amour en eut une érection.

JP adorait la cuisine de Lola, son début d'embonpoint en témoignait pour lui.

JP ne voulait convenir que sa gourmandise, sa persévérance à se tenir derrière une assiette qu'il vidait avec envie, son coup de fourchette, pouvaient en être tenus pour responsables. JP avait une raison scientifique à cet état de choses. L'embonpoint. Il l'expliquait ainsi :

-À la naissance, notre cerveau originel formé par nos intestins est à l'échelle du mouilleur de couches, du nourrisson, qui les contient. En grandissant la boyauterie suit sa croissance, s'allonge, s'adapte, remplit la panse. Arrivé à l'âge adulte, la croissance physique se termine. Si par inattention, l'intestin ne s'en aperçoit pas, si dans la tête le cerveau dominant ne l'avertit pas, le cerveau de boyaux continue de croître. Son espace abdominal devenu limité, n'ayant plus de possibilités de trouver la place de son extension dans le longitudinal, profitant de la souplesse de la peau du ventre, il la pousse, l'étire, il se réfugie sur le latéral...

JP à ce moment de son récit explique que lui, il en a été victime. Ce qui explique l'avancée de son ombilic, son éloignement progressif de ses vertèbres thoraciques.

Ombilic qui petit à petit a tendance à vouloir jeter un œil sur ses pieds. Sic JP.

JP se plaignit à Lola que l'enquête menée par les deux guignols qui l'assistaient, piétinait, n'avançait pas. Que ses hommes passaient plus de temps à jouer qu'à rechercher le coupable.

Lola le sentait désabusé, voire limite dépressif. Il n'aimait pas voir son homme dans cet état. Par amour pour lui, il souhaitait pouvoir l'aider. Cet état défaitiste avait également une répercussion sur la libido de JP.
Lola se sentait doublement concerné.

Chéri, trouve une astuce pour les motiver, promets leur quelque chose qui puisse les faire rêver, qui pour l'obtenir les oblige à se dépasser.

JP réfléchit. L'idée lui sembla bonne. De Lola, il buvait les paroles. Il se rappela qu'il avait déjà expérimenté la chose, les résultats furent positifs.

Il y a deux ans, Al et Gé n'avaient qu'un vieux solex 660, un modèle de janvier 1956. Un exemplaire conservant le moteur du 330. Le premier avec un repose-pieds en plastique sur un nouveau cadre, un petit garde-chaîne soudé, des haubans, un pédalier 36 dents monté sur palier en bronze, une nouvelle béquille. Leur monture de service pour parcourir la campagne et mener leurs investigations.

Pour les motiver JP les avait challengé, en cas de résultats il leur avait promis leurs actuelles mobylettes bleues.

-Lola ton idée est géniale, je vais vérifier l'état des finances du commissariat. Je vais leur proposer de leur échanger leurs montures obsolètes par de fringantes mobylettes orange, selle biplace. La fameuse Mobylette AV89 Chaudron grand tourisme.

Une merveille de technologie. Moteur monocylindre 2 temps, graissage par mélange, cylindre aluminium chemisé, éclairage et allumage par volant magnétique, carburateur étanche avec silencieux, commandes de gaz à poignée tournante, châssis coque intégrale, réservoir essence 4,5 litres, embrayage automatique Dimoby, changement de vitesses automatique Mobymatic, suspension avant à fourche à balancier, arrière par bras oscillant, chaîne motrice enfermée sous carter, pneumatiques 2,25 x 18, moyeux freins monobloc très puissants, garde-boue profonds avec flasques de protection, phare à visière avec compteur de vitesse incorporé, avertisseur électrique, selle biplace, tablier et repose-pieds arrière, pneus flancs blancs.

Frimeurs comme ils sont, ils viendront me manger dans la main les gus, vont faire des prouesses... Imagine-les sur des mobs orange, ils vont en faire tourner des têtes féminines sur leurs passages. Les candidates pour monter en croupe sur la selle biplace vont se bousculer... Il va y avoir des causes de jalousie dans les couples, le taux de divorce va exploser dans la région... C'est bon pour booster l'enquête ça.

-Pour officialiser l'événement, les pousser à se surpasser, organise une soirée où leurs conjoints seront invités. Chacun voudra se monter le premier, le meilleur, prouver à sa moitié qu'elle a opté pour le plus valeureux. Le challenge en sera valorisé. Je m'occupe de l'intendance.

-Lola si je ne t'avais pas...

Albert et Gérald

Albert et Gérald

La sauterie battait son plein. Bill, à son arrivée, croisant JP, eut une sensation étrange, une impression de déjà-vu, ses poils se dressèrent sur ses bras. Elle ne sut dire pourquoi. L'ambiance aidant, tout rentra dans l'ordre. Bill ne s'en soucia plus. Elle se mêla aux autres invités.

Quelques instants plus tard Gé dansait avec Bill, JP enserrait le DJ qui avait posé sur la platine
« In A Gadda Da Vida » d'Iron Butterfly
pour être tranquille un quart d'heure.

Charlotte le DJ chantait sur le morceau des paroles personnelles :

Dans les jardins du paradis, bébé
Dans les jardins du paradis, chérie
Ne sais-tu pas que je t'aime

Oh, veux-tu venir avec moi
et prendre ma main
Oh, veux-tu venir avec moi
et marcher sur cette terre
S'il te plaît, prends ma main

JP, l'écoutait les yeux fermés, des rêves plein la tête. Charlotte qui à l'état civil déclinait ainsi son identité : Christophe Lépinette Christis de Hongre. Une vieille famille aristocratique très connue dans le monde hippique. Il dansait crispé, surveillant du coin de l'œil les mains et la bouche de JP.

Il avait accepté cette danse pour ne pas humilier son employeur d'un soir. De toute évidence la danse n'était pas sa tasse de Matcha.

Al sur un tabouret haut perché buvait un verre de Tequila añajo Jose Cuervo devisant avec Lola. Branchés tous les deux AC/DC, ils discutaient des mérites respectifs de Dave Evans leur premier chanteur, de Bon Scott qui avait rejoint le groupe après avoir participé à The Spektors, The Valentines puis à Fraternity, de Brian Johnson l'ancien chanteur de Geordie arrivé dans le groupe à la mort de Bon. Brian que l'on entend pour la première fois pour AC/DC sur Back in Black.

Des collègues d'autres services passaient les saluer. Beaucoup s'attardaient devant un verre, une verrine, un petit four. Ils avaient eu vent de la surprise locomotrice qui attendait Al et Gé.

Eux, ils circulaient dans le confort, à l'abri des intempéries, qui dans une Kangoo, qui dans un Duster. Imaginer leurs deux copains chevauchant des mobylettes orange, crapauds sur des boîtes d'allumettes, les mettait en joie. Ils voulaient assister au discours de JP dévoilant le challenge. Le coup du win-win.

Le DJ ayant réussi à fausser compagnie à JP avait regagné ses platines. Il passait
« Tutti Frutti » par Little Richard,
« Blue Suede Shoes » par Carl Perkins,
enchaîna avec Bill Haley dans « Rock Around The clock »,
« Twenty Flight Rock » par Eddie CoChran,
« Peggy Sue » par Buddy Holly.

Le rythme du rock'n'rool envahissant les corps.
Bill dansait avec JP, Lola avec Bob, Gé lançait Kristin au-dessus de lui, une journaliste stagiaire féministe, dans une figure de rock'n'roll. Kristin de son vrai nom Kristin, que par facilité nous désignerons par Kristin. C'est perturbant certes, mais nous respectons ses engagements pour la cause féminine.

L'ambiance joyeuse signait une partie réussie. Le mérite en revenait à l'organisateur.

JP demanda de l'attention. La musique cessa. Il prit le micro et un air sérieux.

-En premier lieu je tiens à féliciter chaudement Lola pour l'organisation de cette fête de service.

Lola, rougissant, de la main fit signe de poursuivre, il était gêné de se trouver le centre de convergence de tous les regards. JP poursuivit, il dévoila la raison de l'organisation exceptionnelle de la soirée.

Al et Gé découvrirent la chance pour eux de monter en gamme question destriers.

Al se voyait déjà sur sa future monture, la selle biplace offrait de nouvelles possibilités.

Gé demanda s'il aurait l'autorisation d'y faire installer une radio avec clé USB pour écouter Dr. Feelgood, le groupe de Pub Rock de Canvey Island. En se rendant sur ses enquêtes, la voix de Lee Brilleaux et les riffles de Wilko Johnson dans « Sneakin' Suspicion » lui donnaient la pêche.

Al demanda des poignées custom avec lanières s'il résolvait l'enquête en moins de dix jours.

Il se voyait déjà traversant la campagne, son casque bol en cuir, ses lunettes style premiers aviateurs, son blouson indien en peau orné de lanières aux manches, et tout autour au niveau des épaules.

Al et Gé, heureux de pouvoir frimer sur de nouvelles bécanes, en chœur, se tenant par la main :

-Préparez les mobylettes, cette enquête, en moins de temps qu'il n'en faut pour le dire, va se retrouver classé dans les archives des cas résolus... les « finish hot cases ».

Tous applaudirent... avec un petit sourire. C'est à ce moment-là que le planton de garde, tout excité, vint les avertir qu'un curieux homme venait déposer une plainte pour vol.

Martine, le planton, son casque sur les oreilles écoutait « Jump » de Van Halen.

Le gus avait sonné, sonné. Il ne l'avait pas entendu. La musique en couvrait le bruit. C'est lorsqu'il comprit qu'un excité filait des coups de poing rageur dans le bas de la porte qu'il s'aperçut de la présence de l'étrange bonhomme.

Martine que dans le privé ses parents appelaient Gustave, ouvrit la porte et se trouva nez à pieds avec ce dénommé Ted. Le gus, un Américain se disant de Wepawaug dans le Connecticut.

Martine avait recherché sur internet, en fait, le nom actuel du bled était Milford. Le gus affirmait que l'achat à Ansantawae le chef des Paugusset, peuplade algonquienne, le 1er février 1639 par les colons de New Haven était illégal, il le contestait, ne reconnaissait donc pas le nouveau nom.

-Pourquoi dépose-t-il plainte ? demanda JP.

-Il déambulait dans le borough de Woodmont au sud de la ville, profitant du fait qu'il ne se déplace que sur les mains, des jeunes l'ont braqué pour lui dérober ses chaussettes.

-Classez l'histoire sans suite, il se croit dans son bled, il n'y a pas de Woodmont chez nous. Je ne vais pas ouvrir une enquête pour un vol de chaussettes supposé être commis à cinq mille sept cent cinquante bornes d'ici. Ça pue la plaisanterie votre truc.

-Si nous ne faisions rien, si nous ne prenions pas au sérieux sa plainte, il m'a dit qu'il avait la jambe longue et l'oreille de la maison blanche. Qu'il ne donnait pas cher de notre peau après le passage du killer-drone que son président nous enverrait. Qu'il était citoyen de la première puissance mondiale, qu'il avait aussi dans ses amis des chamans aborigènes d'Australie, que leur magie allait pourrir notre vie.

Albert et Gérald

-Chef nous nous en occupons, s'écrièrent de concert Al et Gé. Nous connaissons le gus, il nous a à la bonne. Nous allons de ces sauts de macropodidés prendre sa plainte..

Ils bondirent comme des Wallabys jusqu'au bureau où les attendait Ted.

JP, voyant ce spectacle, préféra s'asseoir. Il sortit son GSM, composa le numéro de l'antiquaire chez qui il avait retenu les mobylettes orange.

-Ajoutez des sacoches à franges, des poignées custom à lanières et une radio à prises USB...

Al et Gé saluèrent Ted. Ce dernier leur raconta sa mésaventure, avant d'ajouter :

-Ça craint plus que sur E E.H. Crump Boulevard ou sur South 4th Street à Memphis dans votre bled.

-Il vous reste une chaussette constata Gé.

-Bien observé fiston, le gratifia Ted.

-C'est la gauche qui vous a été dérobée. Jolie chaussette, en alpaga du Pérou. Elle doit tenir chaud au pied.

-Je veux récupérer la gauche, je commence à avoir le pied gelé, dans ma position, le sang n'y monte qu'avec parcimonie, alors j'ai froid sans ma chaussette en alpaga.

-Vous auriez dû porter des chaussures, cela aurait peut-être dissuadé votre voleur.

-J'avais des chaussures en daim, des bleues, elles m'avaient été offertes par Carl Perkins. Elvis Presley me les a empruntées pour se faire enterrer, bien qu'il chaussât plus grand que moi.

-Revenons à l'enquête concernant ce vol de couvre ripaton. Le gus ne vous a dérobé que la chaussette droite, j'en conclus que c'est un unijambiste à jambe gauche en bois, en kevlar, ou en carbone, qu'il habite un bled de chez nous qui ressemble au Woodmont de chez vous.

Sur une jambe les déplacements sont réduits. C'est un héron qui me l'a dit, un flamant rose m'a confirmé la chose. Je consulte les fichiers d'unijambistes avec ou sans longs cous. Votre agresseur va être facile à identifier.

-Je n'en connais qu'un qui soit fiché pour faits délictueux, se souvint Gé. Il est amputé de la jambe gauche, ça ne peut être lui, sauf s'il vous a attaqué en vous regardant dans un miroir. Il est stupide, mais pas à ce point-là.

Al, observant la chaussette restante, remarqua que les coutures se trouvaient à l'extérieur.

-Putain mais c'est bien sûr, le gus, comme moi, à vu qu'elles étaient à l'envers, donc la gauche au pied droit et réciproquement. Nous tenons notre coupable. Pointe-toi Gé, nous fonçons au Woodmont de chez nous choper cette crapule de Thomas Shkreli.

Une demi-heure plus tard, ils revinrent triomphants, la chaussette à la main.

-Merci messieurs, mon pied et moi nous vous en serons éternellement reconnaissants, leur exprima Ted en porte-parole de son pied, débordant de gratitude.

-Normal Ted, c'est notre job.

Ils le reconduisirent à la porte, se penchèrent vers lui, d'un baise-pied d'au revoir, ils prirent congé.

Ils rejoignirent, en sautant comme des kangourous gris, la troupe de leurs amis qui terminaient petits fours et bouteilles.

-Mission accomplie chef, déclara Al.

-Pouvez-vous faire enlever un corps d'où nous venons, nous avons pratiqué un plaquage ventral qui a un peu merdé... Le gus comme les lézards qui abandonnent leur queue, s'est auto-brisé le larynx. Un suicide, pour nous faire chier. Il a décidé de cesser de respirer. Le genre à tenter de battre le record mondial d'apnée. Il allait pulvériser le record, lorsque son cœur a lâché.

L'important dans cette affaire, est que la chaussette ait été restituée... conclut Gé.

-Affaire suivante... claironna Al

-Faites chauffer nos mobylettes orange. Nous possédons une putain de forme à résoudre toutes les énigmes, même la quadrature du cercle, le nom du masque de fer, le mystère de Stonehenge, le meurtre de John F. Kennesy, la vérité sur les douze crânes de cristal, l'emplacement de l'Atlantis. Rien ne nous fait peur... enchérit Gé.

Albert et Gérald

Albert et Gérald

    Al et Gé un casque sur les oreilles écoutaient « Dirty Red » de The Morlocks.
    La musique les aidait à réfléchir.
    Depuis leur arrivée aux aurores, ils avaient passé en play list
« Freedom of Choise et Girl U Want de Devo,
« Echo Beach » de Martha and the Muffins,
« To Love Somebody » d'Eric Burdon & The Animals,
« I See the Light » de Music Explosion,
« Wooly Bully » par Bryan Ferry,
« Papa Oom Mow Mow » des Rivingtons,
« Gimme Dat Ding » des Pipkins,
« Baby Please Don't Go » des Amboy Dukes
« Psychotic Reaction » par Tom Petty & The Heartbreakers ».
    C'est dire l'intensité de leur réflexion, pour intensifier la force de leurs recherches concernant le coupable ayant passé Luc-Jean de vie à trépas. Ils dansaient, déjantés, chacun devant son bureau.
    Ils ne tenaient pas à ce que ce soit mal interprété. Voulaient éviter qu'un gus qui voit le mal partout puisse s'imaginer des choses... Rien à craindre de ce côté-là, juraient-ils. Ce serait mal les connaître. D'ailleurs ils n'avaient aucune compétence dans le domaine. Vraiment aucune. Alors que personne ne tente par des allusions ineptes, de leur mettre sur le dos, les inhabituelles quantités d'eau, qui s'abattaient sur le pays...

Jamais, au grand jamais ils n'avaient eu la moindre prédisposition pour réaliser une danse de la pluie...

Pourquoi ne pas les accuser aussi de danser avec une plume dans le cul pour devenir vedette des Folies Bergère, du Lido ou du Crazy Horse.

La réalité : nos deux lascars bossaient dur pour leur enquête. ils employaient tous les moyens à leur disposition. Pas le genre à se limiter au traditionnel, à se censurer, à s'enfoncer eux-même des bâtons dans les rayons de roues...

Chacun sa méthode, pas vrai ?
L'important pour eux, c'était le résultat.
Al aimait à le dire :

-Toutes choses étant égales par ailleurs, (ceteris paribus sic stantibus) il n'y a que le résultat qui compte.

De pouvoir gagner le droit de se pavaner dans la ville sur de magnifiques AV 89 orange selles biplaces, voilà l'objectif.

JP appuya sur la touche pause du lecteur MP3 source sonore que diffusait leurs écouteurs. Al et Gé se figèrent. Un pas de la danse en cours, pied en équilibre dans l'air.

-Assez cogité des genoux les gars, faudrait passer à l'action, vos mobylettes orange ne vont pas se gagner toutes seules, ni vous tomber toutes cuites dans la bouche. Ce ne sont ni des alouettes, ni des ortolans... Vous devez vous sortir vite fait les phalanges du fondement.

Al et Gé posèrent le pied par terre. Ils foulaient de nouveau la triste réalité du faire semblant pour avoir l'air. Du monde des gestes attendus pour des actions données. Monde du tout normé, codifié, castrateur d'imaginaire. Monde des fourmis, monde à jamais figé, monde qui ne doit plus évoluer de peur de voir un jour redistribuer le pactole des privilèges.

-Notre méditation intense nous a donné les idées claires, patron. Nous partons au « The Good All Time », la solution se trouve là-bas.

Ils arrachèrent leurs écouteurs d'un geste volontaire auquel personne n'oserait s'opposer. De leurs fauteuils, ils bondirent plus haut que deux couguars, deux pumas, s'éraflant les genoux au passage étroit laissé par le siège, sur les bords écornés de leurs bureaux centenaires. Meubles en chêne, distributeurs d'échardes, ayant à leurs actifs des générations de rotules meurtries.

Comme l'écrivait Jean Amla, page 141, dans son roman « Y'a pas de bon Dieu » paru chez Galimard en 1950 :
Nous sommes de petits enfants dans la main du Seigneur, mon cher Paul.
Dieu a fait les cougars et les brebis, et quand passe le cruel cougar, la sage brebis ne lui tient pas tête mais lui cède le terrain...

Comme deux tornades, de la force de celles partant du Texas, remontant l'Oklahoma, le Kansas, le Nebraska, gagnant le Dakota du sud, tournoyant dans les airs avant de finir d'un splendide grand jeté que n'aurait pas désavoué Vaslav Nijinsky, AL et Gé atterrirent sur la selle de leurs mobylettes bleue.

Pour les démarrer, pédalant plus fort que des cyclistes chargés, ceux grimpant à tombeaux ouverts le Tourmalet, ils partirent en trombe, les cheveux au vent, les yeux pleins des larmes occasionnées par le vent généré par la vitesse atteinte.

Arrivés devant The Good Old Time, le tracé blanc de la position du corps de Luc-Jean leur indiqua le sas d'entrée. Ils y pénétrèrent.

Ils vécurent les mêmes sensations étranges qu'à leur première fois.
Ils obtinrent les mêmes résultats.
Ils remontèrent le temps en ce mercredi matin.
Ils retrouvèrent les flippers, les babys-foots, les billards, les juke-box, rien n'avait changé.

Albert et Gérald

Le gars bizarre les apostropha à nouveau, il cherchait toujours les toilettes, courait de long en large, semblait aux abois. Al ferma les yeux pour l'oublier. Gé parti se vider la vessie dans le pot du palmier qui séparait l'espace des billards à trois billes des snookers.

Le couple chassé la dernière fois par bruyères Corréziennes, plantés devant le Swing Along les vit venir. Leurs quatre yeux observaient le déplacement d'Al et Gé. S'ils s'approchaient trop près du juke-box, ils étaient prêts à leur sauter dessus... Ils ne voulaient pas revivre le cauchemar auditif. En cas de récidive ils étaient prêts à saisir le tribunal pénal international de La Haye. Ça frisait le crime contre les oreilles de l'humanité. Putain d'accordéon musette !

La jeune femme du couple, par principe de précaution, alla enfourner quelques pièces dans la machine pour lancer sa play liste personnelle. Elle sélectionna :
Lady Jane, Not Fade Away, Satisfaction, des Rolling Stones,
My Generation, des Who,
Too Much Monkey Business, One After 909, Please Mister Postman, I saw Her Standing There, des Beatles,
Black Night, de Deep Purple,
Whatever You Want, de Status Quo...

Elle pouvait revenir flipper tranquille aux côtés de son compagnon pour poursuivre leurs parties sans avoir les oreilles violentées par l'accordéon du Corrézien.

Gé questionna un joueur de billard qui terminait une série de petits points. Ses billes s'étaient placées dans le tiers du billard en dominante par rappel deux bandes. Il avait réalisé une prise d'Américaine. Les trois billes se touchant presque, par petits coups de sa nouvelle queue, une Longoni Signature Galaxy Blanche, queue que le passage du sas n'avait pas modifiée, une queue commandée en deux mille dix-neuf, huit mois plus tôt, pour la somme de mille six cent quinze euros, qu'il étrennait ce jour. Il en était à son troisième tour de billard. Cent vingt-et-un points de suite, il venait de gagner son pari. Gé lui demanda s'il avait vu Luc-Jean et la petite Séraphine aujourd'hui.

-Jamais le mercredi, la petite est à l'école, nous ne les voyons que les jeudis, le jour de congé scolaire. Pas tous les jeudis ajouta-t-il.

-Putain c'est vrai, en entrant ici, nous avons franchi les portes du passé, maugréa Gé.

Puis s'adressant à Al :

-Il nous faudra revenir demain pour avoir une chance de les rencontrer.

Al jeta un œil circulaire autour de lui. Il remarqua une jeune femme au baby-foot qui mettait la pâtée à un gus. Neuf à deux. Le gars subissait une vraie déculottée.

Al posa une pièce dans le cendrier du Baby, juste avant la fin de la partie, pour indiquer qu'il défiait le vainqueur.

La jeune femme était tout à fait à son goût. Grande, brune, les yeux verts, sensuelle sans vulgarité. L'échancrure de son chemisier laissait entrevoir des avantages qui émerveillaient les yeux. La position inclinée de la joueuse pour actionner les avants, jouer les demis, permettait à Al une vue plus intime sur la vallée des deux monts. Avant d'introduire sa pièce dans le monnayeur, de faire tomber ses onze balles, il rêva un instant à de l'alpinisme sans corde de rappel. Il s'imaginait gravir à mains nues les monts tétons... Gentleman, il contint une érection.

-Georgelina, se présenta la jeune femme, tendant une main ferme à Al.

-Albert, mais mes amis me nomment Al répliqua Al en reprenant sa main, comptant ses doigts où la circulation

sanguine se rétablissait. Pile ou face demanda-t-il pour désigner celui ou celle qui engagerait.
   -Pile, choisit Georgelina, elle gagna.
   -Pas de but des demis sauf pour contrer un réengagement, pas de pissettes, pas de tourniquet, pas de râteau, pas de coup de bourrin, pêche autorisée, rappela la jeune femme avant de mettre en jeu la balle. Elle coinça la boule de liège sous les pieds du demi-central, fit une passe à son avant gauche, tira dans le but d'une telle force que la balle ressortit.
   -Gamelle s'écria-t-elle avant de récupérer la balle de la main.
   Elle la donna à Al qui engagea à son tour. Il fut contré par les demis de Georgelina qui marqua son deuxième but. Al pourtant aux premières loges pour plonger dans le décolleté n'eut pas le temps de profiter de sa position privilégiée. Il n'avait pas assez de ses deux yeux pour suivre la balle. Il fut battu sèchement seize à trois... avec onze balles... C'est dire le nombre de gamelles, de pêches réflexes...
   Une professionnelle, la beauté brune. Al se demanda même si les trois buts qu'il avait marqués n'avaient pas été concédés pour éviter une trop grande humiliation.
   Il se chercha une excuse. Trouva utile de dire que lui était habitué à jouer avec des balles officielles ITSB-B et non des balles en liège, que cela avait perturbé ses réflexes.
Georgelina sourit, lui concédant pour le consoler :
   -Le liège est plus lent, les balles plus légères.
   -Je vous offre un verre pour marquer votre victoire, proposa-t-il ?
   Georgelina accepta. Al lui présenta Gé, ils venaient de le rejoindre à sa table. Ils commandèrent une tournée de Pippermint Get, boisson à la mode à partir de 1972 sous le nom

de Get 27.

L'alcool désinfecte la bouche, la menthe permet des pelles sans obligation d'apnée de sa partenaire. C'est le danger en cas de drague non planifiée. L'improvisation peut avoir des inconvénients olfactifs.

Gé se dirigea vers le juke-box et sélectionna :
Stand by me de Ben E King,
Unchained Melody par les Righteous Brothers,
A whiter Shade of Pale de Procol Harum.

Al invita Georgelina à danser.... Elle accepta. Le temps des romances, les deux corps n'en firent plus qu'un. Un balancement langoureux... des yeux fermés... des chaleurs partagées, des chimies de peau qui s'attirent...
The good old time... putain the good old time !

Revenant à la table finir leur deuxième tournée de Pippermint Get, Georgelina glissa un papier dans la main d'Al. Puis elle prit congé des deux équipiers, prétextant un rendez-vous extérieur.

Georgelina partie, Al lut le mot laissé par la jeune femme. Il le regarda avec nostalgie. Une interrogation. Une fois le sas de sortie franchi, une fois revenu en 2020, comment la trouverait-il, comment aurait-elle vieilli... sera-t-il toujours attiré...

Elle, le trouvera-t-elle toujours à son goût...
Si The Good Old Time n'était qu'une illusion, qu'un rêve... Que le sas de sortie ne soit que l'extraction du monde onirique.

C'est à cet instant précis qu'entra Gisèle, un tatoué le piercing au nez. Il demanda à qui appartenaient les mobylettes bleue équipées de gyrophares, béquillées devant l'entrée. Elles gênaient le passage, il avait failli érafler sur son biceps le portrait polychrome de Johnny.

-Ce sont nos montures répondirent en écho Al et Gé qui

ne firent aucune plaisanterie, ne se voulant pas lourds.

Gisèle surpris de se retrouver nez à nez avec la marée chaussée fit mine de s'enfuir. Il n'eut pas le temps de passer le sas, de rejoindre sa Harley -Davidson Fat Bob 114, béquillée devant, reconnaissable avec ses deux « big twin 114 », bécane importée de Miami.

Al lui fit un croche-pied à la toulousaine. Gé l'immobilisa un genou sur le cou.

Menotté, Giselle, qui à l'état civil répondait au nom d'Emmanuel Crogneugneux, subit une fouille en règle. Pas de chance pour lui, pour la fouille anale, Gé n'avait plus de doigtiers, il utilisa un gant de crin mis par inadvertance dans sa poche revolver. Giselle trouva l'intrusion intime fort déplaisante. Gé dans son inspection ne trouva rien ni personne, une recherche sans fondement. Il poursuivit ses investigations. Al plus chanceux découvrit dans le sac à main du tatoué des sachets de peaux de banane séchées.
Gisèle dealait cette saleté aux accrocs des rêves artificiels.

-Putain où s'arrêteront-ils s'indigna Gé. Faudra-t-il aller jusqu'à faire consigner les peaux de banane. L'État sera-t-il obligé de demander aux consommateurs de venir avec leurs peaux consignées pour les faire recharger. Les marchands de fruits et légumes ne devront-ils vendre que des bananes épluchées, en tubes...

Al, lisant un des tracts « mode d'emploi » trouvé dans la poche arrière de Gisèle, s'écria... putain, écoute ça Gé :

- « *Ouvrez une banane, mangez-la, puis prenez la peau et grattez l'intérieur (pas uniquement les fils, contrairement à une idée répandue) jusqu'à ce que vous ayez un tas de moelle de banane. Faites sécher au four, comme pour la beuh, de façon à pouvoir l'émietter facilement. Roulez le tout dans un joint et fumez. Les effets sont assez proches de ceux de l'opium mais durent très peu de temps* ».

-On l'embarque ce gus. Attache-lui les mains dans le dos.

Al et Gé sortirent du The Good Old Time poussant Gisèle ligoté devant eux. En passant le sas, ils prirent tous un coup de vieux. Gisèle montra un vieillissement prématuré en dessous de la ceinture. Gé le regarda avec dégoût, des coups à demander la suppression des fouilles réglementaires. Il envisagea même que Gisèle fut atteint de progéria du cul, d'un syndrome d'Hutchinson-Gilford du fion.

Sur sa béquille Gé pédalant comme un beau diable démarra sa bleue. La laissant pétarader dans une fumée bleue propre aux deux temps, il mit roues à terre.

Al lui balança le saucissonné, Gisèle, sur les cuisses, ventre tourné vers le sol, comme il avait vu procéder dans les westerns où le gus ficelé façon chrysalide est posé sur l'encolure du cheval, devant le cow-boy.

Justicier qui vient livrer le renégat au shérif. Gé mit la poignée dans le coin, la bleue fuma, s'ébranla, l'équipage partit direction le commissariat.

Gisèle se tordait de rire, lui le biker en Harley, le tatoué à l'effigie du taulier, le rebelle de banlieue qui ne boit que de la Corona, sur une mobylette bleue. Des coups à provoquer l'hilarité pour sept générations de bykers Hell's angels.

Al les suivait, protégeant leurs arrières... Prudent, il se méfiait :

-peuvent avoir des complices, des ramifications dans la « Banane Connection ». Imagine un escadron de la mort, sur une escouade de Harley, des Hell's Angels patibulaires, gavés de bière, le cerveau rongé au crack, venant comme des sauvages délivrer leur complice.

Albert et Gérald

Albert et Gérald

JP devant le commissariat guettait l'arrivée de ses fins limiers. Ses oreilles reconnurent au loin la pétarade caractéristique des mobylettes bleue de son escadron.

Pour gagner de la vitesse Al et Gé avaient de leurs moteurs limé les lumières d'évacuation des gaz, installé un plus gros gicleur, percé les silencieux de leurs pots d'échappement. Ils avaient également ajouté dix pour cent d'éther dans leur mélange deux temps. Ses yeux les identifièrent aussi. Au loin, à leurs positions sur leur véhicule de service ils étaient reconnaissables. Tête baissée, gus penchés au-dessus du guidon pour améliorer leur aérodynamisme, ils pouvaient atteindre des vitesses gardées secrètes. Les passants croisés leur criaient :

-Baisse la tête Poulidor, t'auras l'air d'un coureur.

Gé avec son prisonnier sur les genoux ne parvenait plus à atteindre ses meilleurs chronos. Il courait avec un handicap. Al était obligé d'en garder sous la poignée pour ne pas le dépasser. Il le poussait, une main plaquée contre le dos de son copain, pour l'aider en côtes. La synergie des deux moteurs était nécessaire pour transporter le prisonnier. Dans ces moments Al mettait les gaz à fond.

Arrivé devant JP, comme il avait vu faire dans les westerns, Gé lui balança Gisèle sur le bout de ses Berluti.

Gisèle se cogna le menton sur le ciment, s'ouvrit la lèvre, son sang gicla. La chaleur du moteur et celle des cuisses de Gé, le faisait transpirer à grosses gouttes.

-Qui est-ce ? interrogea JP.

-Un putain d'enfoiré de dealer, clama Al.

-A-t-il un rapport avec la mort de Luc-Jean ? Questionna JP toujours pragmatique.

-Peut-être, nous allons lui faire avouer. Ne dit-on pas qui deal un veuf lundi, mardi le tuera ? émit Al, tout à sa joie de la mission bien remplie.

-Jamais entendu l'expression ! Êtes-vous bien certains de son exactitude ? Je ne voudrais pas être obligé de le relâcher pour vice de forme, les avocats sont d'un tatillon de nos jours, leur demanda JP en essuyant alternativement les bouts de ses chaussures sur l'arrière du bas de son pantalon.

JP, limite maniaque, avait esquivé la projection du sang de la labiale du saucissonné, mais avait reçu sur ses luxueuses chaussures des projections de sueur. Il craignait que la suée de Gisèle, contenant chimiquement ses minéraux, ses protéines, son lactate ionisé, son urée, n'en ternisse la brillance du cuir. Il savait qu'avec sa sueur, si Gisèle déclarait une carence sanguine en sodium, les sécrétions de ses glandes eccrines et apocrines brûleraient le cuir de ses chaussures, que la teneur en corps gras favorisait le développement des bactéries corynebacterium, source de la puanteur du gars. Que si ce gus, qui se tordait comme un ver dans le caniveau, suait comme un porc, la cause en était qu'il buvait trop de café. Déjà JP remarquait que question sudation, Gisèle avait en plus cette odeur de la peur, caractérisé par des études menées par l'armée américaine sur des parachutistes primo sautants. Ces phéromones spécifiques qui, chez nos lointains ancêtres, avertissaient leurs condisciples restés à l'abri de l'imminence d'un danger, ce, plus rapidement qu'un texto. L'odeur se trouvait différente pour les alerter que le transpirant couvait une maladie contagieuse, leur nez formé à l'interprétation leur conseillant de s'éloigner du gus émetteur pour ne pas être contaminés. La suée de Gisèle indiquait aussi à JP que le gus n'était pas déprimé. Un déprimé transpirant peu, son organisme se foutant de tout, il ne montre plus rien, reste sans réaction. Dans le cas présent, JP pourrait y aller question interrogatoire musclé, son prisonnier allait réagir.

JP avait suivi trois fois les cours de la première année de médecine, deux fois à la Fac de Créteil, une fois en Belgique à Liège, avant de se rendre compte que soigner les gens n'était pas son truc. Préférant l'antipathie à l'empathie. Ses goûts allaient, et de loin, à titiller, à asticoter, à taper dessus ses semblables, plus qu'à leur porter secours. Déjà tout petit à l'école, il terrifiait ses petits camarades, les dépouillait. Une tradition familiale. La loi du gène qui s'impose à la volonté. Chassé l'inné il revient toujours au galop. Son grand-père en des temps troublés avait prêté la main à des invités qui avaient su quelque temps s'imposer chez nous. Il persuadait leurs contestataires de collaborer, il débusquait les réfractaires à la fraternisation, ceux désireux de signifier à nos hôtes qu'ils n'étaient pas les bienvenus chez nous. Il les incitait par la persuasion musclée à regretter leurs mauvais gestes, leurs mauvaises pensées, à dénoncer leurs amis frappés par cette xénophobie sélective à l'égard de nos invités teutons...

JP fit transporter l'hôte de Gé en salle d'interrogatoire. Gisèle enchaînée à la table, sur une chaise aux pieds avant légèrement raccourcis pour la rendre inconfortable, un clou dépassant de quelques millimètres de l'assise (une idée de JP qu'un ami de la STASIE lui avait suggérée), le questionnement de Gisèle débuta.

-Que deales-tu suppôt de Satan, lui demanda brutalement JP en frappant la table de son poing rageur.

-De la peau de banane séchée, répondit Gisèle après avoir sursauté. Il n'y a rien d'illégal à ça !

-Tu te fous de ma gueule, hurla JP qui croyait que le gus se moquait de lui.

-C'est vrai chef, intervint Gé. Je l'ai testée, c'est de la bonne sa poudre de banane.

-Alors ce n'est pas un dealer, c'est un herboriste !

-Sa poudre se fume, il ne la vend pas pour faire des tisanes, intervint Al qui voyait qu'avec Gé, question légalité, pour mettre entre parenthèses la liberté de circuler du gus, ils étaient une fois de plus border-line.

-Où avez-vous lu que la peau de banane se trouvait inscrite au tableau des stupéfiants, hurla JP qui voyait cet interrogatoire mal engagé, encore plus mal la résolution du meurtre qu'ils avaient sur les bras.

Gé, pour minimiser l'erreur :

-Vous savez bien chef que dans ce pays les lois sont faites pour avantager les truands, tout est autorisé avant d'être interdit, la loi leur laisse toujours un coup d'avance, regardez pour le LSD, toutes les drogues de synthèse, il y a toujours un moment où la loi ne connaissant pas le produit, ne peut l'interdire alors qu'il nuit à la santé de nos administrés.

JP demanda à notre duo s'il avait trouvé sur Gisèle un poignard de ceux utilisés dans le nord de l'Inde, qui permettent l'estoc, ou un Beretta 7,65. Le rapport du légiste venait de lui révéler les causes de la mort de Luc-Jean.

-Non, aucune arme sur lui, juste des « mode d'emploi » de sa poudre de peaux de banane.

-Relâchez ce gus, vous faites fausse route.

-Putain, dire que nous étions à deux doigts de résoudre ce dossier se désola Al qui voyait s'éloigner la selle biplace de son rêve orange.

Al et Gé regagnèrent leur bureau pour réfléchir à nouveau, trouver le moment où la vérité leur avait échappé. Ils se mirent sur leurs fauteuils, la tête en arrière, les yeux fermés, jambes tendues, dans une belle symétrie. Ils méditaient. Al poussant au paroxysme sa méditation, Gé en fut réveillé par les ronflements.

Al vit de nouveau venir vers lui le gus qui cherchait toujours à pouvoir pisser. Il lui demanda où il pourrait trouver un endroit pour se soulager, que c'était des plus urgents. Al le rabroua, lui indiquant qu'il polluait sa méditation, qu'avec son envie de pisser, il l'emmerdait, lui Al...

Son sommeil paradoxal se poursuivit, sous ses paupières ses yeux roulaient en tous sens à grande vitesse. Il se réveilla au bout de vingt minutes, pour lui il venait de vivre une période beaucoup plus longue.

Albert et Gérald

Albert et Gérald

JP convoqua Al et Gé dans son bureau. Il tenait à la main leur rapport d'intervention au « The Good Old Time », lorsque Gé défendit en légitime défense Al. L'histoire du Katar lancé dans le bras gauche suivit des deux coups de feu tirés par le Beretta. Tout ça concordait parfaitement avec les causes du décès de Luc-Jean. Le seul détail qui remettait tout en cause, c'est le lieu précis. Pas dans l'établissement, mais devant son entrée, à l'extérieur. Pas mince le détail, à l'intérieur le Luc-Jean est vivant, à l'extérieur il est plutôt mort.

JP toisait ces deux zigotos, se demandant ce qu'il avait fait au ciel pour se voir attribuer de tels loustics. Il cherchait où il aurait pu merder dans sa vie avant sa nomination dans ce commissariat, ou dans d'éventuelles vies précédentes.

-Réfléchissez bien les gars. L'heure est grave. Êtes-vous certains que votre histoire de légitime défense se soit bien passée dans l'établissement et pas sur son porche ?

-Certain patron, affirma Al. Croix de bois, crois de fer, si je mens je vais en enfer.

Al pensait avoir poussé au maximum le curseur pour attester qu'il disait la vérité, lui qui, hiver comme été, portait la chemisette dépoitraillée... le froc de lin à même la peau pour ne pas transpirer du caleçon... alors la chaleur de l'enfer... pas son truc. Vas trouver des glaçons pour ton apéro, de la glace pilée pour ton mojito dans un bled où la cheminée ne prend pas de RTT.

-Comme je l'ai écrit, confirma Gé. Il y a des témoins

pour le confirmer. Luc-Jean lui-même peut témoigner. Qui mieux que lui pourrait le prouver.

-Suivez-moi en salle de tir !
Al et Gé obéirent.

-Gé tu vois la cible, tire lui dans le bras gauche avec ta Navaja. Luc-jean était gaucher, c'est avec ce bras qu'il devait menacer Al. Tire !
Gé corrigea JP,

-un Katar chef, c'est un Katar pas une Navaja. Les Navajas sont utilisées par les latinos et non pas par les...

-Tire ! Et ferme ta gueule ! Putain c'est pas vrai, faut tout le temps qu'il la ramène celui-là !

Gé dégaina son poignard, visa le bras, tira, l'arme des hindous du nord se planta dans le cœur du gus cible.

-Tire tes deux balles maintenant, ordonna JP d'un ton sec qui excluait toute répartie.

Le Beretta fit feu à deux reprises. Les deux balles se superposèrent dans l'orbite gauche de l'œil de la cible.

-C'est ce que je voulais démontrer lâcha JP. C'est aussi ce que je craignais. Nous allons être emmerdés par les bœufs carotte. Pour des sous-fifres dans notre genre ils sont féroces. Pour qu'ils classent sans suite l'affaire, faut être de la garde rapprochée du despote, être pote avec le gus qui agite sa gourmette, le chef des éborgneurs, de l'arracheur de mains, magouiller dans les couches supérieures du panier.

-Je n'ai pas ça dans mes proches se lamenta Gé.

-J'ai juste un neveu qui peint en doré les escargots avant de les relâcher, en rouge les sauterelles vertes, en blanc les grillons, raccourcit les plumes d'une aile des hirondelles pour les voir voler en rond, coller des plumes aux chauves-souris pour leur tenir chaud la nuit. Un gentil garçon qui se désole de trop de monotonie dans la nature.

-Pour nous couvrir, pour que notre dossier de défense soit solide, je vous demande de retourner sur place avec la caméra. Vous m'enregistrerez les témoignages prouvant que les tires ont eu lieu à l'intérieur, que le gus n'a pas eu une seule égratignure. Je veux aussi que vous prouviez que le gars que vous prenez pour Luc-Jean jeune le soit réellement. Vous lui prélèverez un échantillon pour les tests ADN. Vous en effectuerez aussi un sur la gamine qui se fait appeler Zilda Séraphine. Je veux connaître son lien avec votre distributeur de Chamallows. Nous sommes jeudi, vous avez une chance de les trouver devant les jeux.

Al et Gé acquiescèrent et prirent leur mobylette de service pour se rendre au « The Good All Time », rue du Jeu de Paume.

Arrivés sur place, le sas et ses sensations passé, ils dévisagèrent les clients devant les appareils. Il était tôt, ils ne reconnurent personne parmi les rares personnes jouant au billard snooker.

Gé se dirigea vers le juke-box, enfourna ses pièces et sélectionna :
« Polk Salad Annie » par Tony Joe White
« Soldier » par Calvin Russell
« Eine Kleine Middle Klasse Musik », « Shrangri-La » et « Major Happy's Up And Coming Once Upon a Good Time Band » par The Rutles.

Ils patientèrent agréablement grâce à la musique et la partie de baby-foot qui vit Gé gagner. Petit à petit la salle se remplit. À quelques encablures, Luc-Jean arrivé avec la gamine, jouait au baby-foot. Séraphine Zilda mâchait des Carambars devant le juke-box qui avait épuisé les crédits de Gé. La gamine tenait dans sa main quatre pièces de vingt centimes pour choisir ses morceaux de musique. Elle écoutait

déjà une niaiserie de son âge,
« No Milk Today » par le groupe britannique Herman's Hermits.

Gé s'adressant à Séraphine :

-Séraphine je dois te faire un prélèvement de gorge pour voir si tu ne vas pas avoir d'angine. Je dois regarder s'il n'y a pas un microbe qui s'y cache.

-J'ai déjà un peu mal, avoua la gamine.

-Viens ici, ouvre la bouche que je passe mon écouvillon.

Séraphine terminant sa sucrerie qui lui collait aux dents, en lisait l'emballage, lui tint à peu près ce langage :

-D'accord monsieur, si tu réponds d'abord à ma blague Carambar.

-Ok, pose ta devinette.

-Un éléphant est dans une forêt. Il trouve un livre à terre. Qu'est-ce qu'il fait ?

-Un vrai éléphant ?

-Oui, un vrai en vivant, pas en peluche.

-Je ne sais pas.

-Tu donnes ta langue au chat ?

-Ou à l'éléphant, plaisanta Gé.

-Il ne fait rien, les éléphants ne savent pas lire ! T'es vraiment bête toi !

-D'accord, maintenant viens pour le prélèvement.

-J'avais dit, si tu trouves la réponse. T'as pas trouvé ! Je te donne une autre chance. Tu crois que Mozart est mort ?

Gé réfléchit un instant, chercha une réponse à la con du niveau des autres astuces du caramel niqueur de dents, la brune sucrerie tout en longueur.

-Non, il est vivant bien sûr, il vit en Italie, parce que mozzarella. S'il est là, c'est qu'il n'est pas mort. Il n'y a donc pas d'asticots dans le fromage.

-Bravo, t'as gagné. Est-ce que ça fait mal ton truc ?
-Pas du tout, c'est juste un petit coton qui te frotte dans la bouche.
Séraphine se laissa prélever. Gé en récompense lui offrit un mistral gagnant avec sa paille en réglisse.
Elle souleva la languette, lu le mot « perdu ».
Elle n'en fut pas trop triste, son truc à elle c'était les Carambars.

Al demanda à Luc-Jean de témoigner devant la caméra pour confirmer le lancer de poignard et le tir de flingue dans sa direction sans qu'il ne soit, par miracle, blessé. Ce dernier confirma la scène devant la caméra, exprima sa surprise d'être indemne. Il était heureux d'être filmé.
-Elle est bonne ? questionna-t-il, sinon je la refais.
Al lui montra l'enregistrement, lui indiquant qu'il était satisfait de sa prestation.
-Elle est bonne, c'est dans la boîte.
Luc-Jean se prêta ensuite de bonne grâce au prélèvement de son ADN.

Al chercha ensuite des témoins ayant assisté à la scène, il en enregistra deux. Il filma également le patron de la salle qui témoigna dans le même sens. Le tout en boîte, Al récupéra Gé qui jouait avec Séraphine Zilda. Lui à gauche, elle au flipper de droite. Ils venaient de gagner deux parties gratuites avec un score de mille quatre cent cinquante points sur le Swing Alone.

Al et Gé sortirent. Avec ces témoignages ils se sentaient plus légers. Ils se mirent en selle, pétaradèrent jusqu'au commissariat. Ils déposèrent leurs moissons à JP.
JP transmit les écouvillons au labo pour les tests ADN.

Albert et Gérald

Albert et Gérald

La journée terminée, chacun sur sa mobylette rejoignit ses pénates.

JP retrouva Lola qui écoutait les Kinks. Ray Davies chantait accompagné par la guitare de son frère Dave.

I met her in a club down in North Soho
Where you drink champagne, tastes just like cherry cola
See-O-L-A cola

She walked up to me and she asked me to dance
I asked her name and in a dark brown voice she said, "Lola"
L-O-L-A Lola
Well, I'm not the world's most physical guy
But when she squeezed me tight nearly broke my spine
Oh my Lola, la la la la Lola

JP évoqua l'affaire avec Lola, les résultats du légiste, les armes du crime, les mêmes que celles possédées par Gé. Les soupçons allaient se porter sur Gé qui avait voulu lui sauver la vie.

Lola émit l'hypothèse que ne pouvant voyager dans le passé, ce qu'avait démontré Albert Einstein. Les deux flics rêvaient leur histoire. Le plus intrigant pour lui, c'est qu'ils faisaient le même rêve en même temps. Il y a des choses qui ne peuvent s'expliquer. Peut-être avaient-ils longuement évoqué le sujet, s'en étaient-ils imprégnés. Ce qui est une réalité est qu'ils ne pouvaient pas tuer un gus dans un rêve. Inconsciemment, Gé avait tiré sur le gus, mais en 2020. Peut-être en plein rêve paradoxal, son système thalamo-cortical a oublié de faire son travail, il n'a pas paralysé ses muscles. Gé, victime de parasomnie, comme un somnambule est allé tirer sur Luc-Jean, alors qu'il se rêvait dans le Good All Time. Gé doit avoir son gène HLA DQB1*05 qui lui joue encore des tours. JP regardait Lola avec admiration, il était heureux de vivre avec un compagnon d'une telle intelligence. Lola avait un QI de 140. JP continuant de regarder Lola, son QI, perdit la notion de « I ». Il eut une brusque envie de lui. Fin stratège il décida de préparer le terrain.

JP prit une bouteille de Grande Champagne 1977 Chollet, une de celles achetées en novembre 2018, il servit deux verres de ce Cognac. Il en offrit un à Lola. Ce dernier s'assit à ses pieds. Verre à la main ils trinquèrent. Yeux dans les yeux leurs visages s'ornèrent de sourires. Leurs yeux s'emplirent d'amour, quelque chose qui débordait les orbites, un rayonnement diffus, presque palpable. L'ambiance devenue câline, JP avait besoin de ça pour retrouver ses esprits. Le verre bu avec lenteur et délectation, ils se levèrent, revêtir leur habit de nudité, les peaux s'aimèrent...

Albert et Gérald

Al retrouva Bill. Elle écoutait pour essayer de se calmer « Sympathy For The Devil » des Rolling Stones

> Please allow me to introduce myself
> I'm a man of wealth and taste
> I've been around for a long, long year
> Stole many a man's soul to waste
>
> And I was 'round when Jesus Christ
> Had his moment of doubt and pain
> Made damn sure that Pilate
> Washed his hands and sealed his fate

Elle n'y parvenait pas. Elle était excitée comme une puce dans le gilet d'un parkinsonien. Pour elle, maintenant tout était clair. Le voile s'était déchiré. Ses yeux se dessillaient. Ce tortionnaire qui lui avait coûté toutes ces années d'analyse, le bourreau de ses goûters infantiles de seize heures, elle l'avait trouvé. Sa mémoire revenue, elle l'avait parfaitement identifié. Les portes de son passé s'ouvraient à double battant. Elle se souvenait de la dureté de son visage, de la cruauté de ses yeux, de l'odeur de terreur qui l'accompagnait. Elle revoyait les images de ses cours de maternelle, pire les revivait. Elle n'avait plus aucun doute. Ce gus, elle l'avait croisé à la sauterie du service d'Al. Le gus qui lui avait fait dresser les poils sur les bras. Ce salaud, cette crapule, elle en était plus que certaine, c'était JP.

Al la calma, du moins il tenta de le faire. Il essaya de la raisonner, de relativiser. Entre le marteau et l'enclume, entre sa femme et son chef hiérarchique, son amour et sa carrière. Hésitant, dans un premier temps, tentant de ménager la chèvre

et le chou... Lui dit :

-Bill c'était de l'histoire ancienne, il fallait en être sûr, avoir des preuves, parfois les impressions sont trompeuses. L'imaginaire avide de certitudes nous joue des tours...

Elle le regardait incrédule, lui, son amour, hésitait à se ranger à ses côtés. Elle lui jeta un œil furibond.

Pour l'apaiser, Al lui promis d'enquêter dès demain sur le passé de son patron. Savoir d'où il venait, trouver ses écoles, se renseigner sur son enfance.

Bill lui donna une semaine pour confirmer ou infirmer son pressentiment, son intuition, pour ne pas dire sa certitude. Elle acceptait ce compromis, mais se sentait humiliée qu'Al ne la croit pas elle, sur parole. La prenait-il pour une folle, une mythomane ?

Al regardait Bill, se disant qu'il n'avait pas besoin de cette nouvelle histoire en plus. Que ce n'était pas le moment, qu'il avait en urgence d'autres chats à fouetter. Que la rencontre de Bill avec JP, son supposé tortionnaire des cours de récréations des maternelles, aurait pu attendre... déjà il devait régler l'histoire de la mort de Luc-Jean. Le putain de rapport du légiste. JP qui cherchait à rendre Gé responsable... et Séraphine petite qui ne quittait pas Luc-Jean à l'époque. Si c'était Gé le responsable... Gé qui a épousé Bob... Putain nous sommes dans la merde se dit-il. Il appela Gé.

-Il faut que nous parlions... J'arrive...

Albert et Gérald

Lola n'en revenait pas. La mort de Luc-Jean, une énigme.
Un mystère à la Agatha Christie, à la Mary Higgins Clark.
La quatrième dimension ?
Une histoire de fou ?
Une machination ?
Dans quel but, mais putain dans quel but ?
JP ne savait pas quoi lui répondre. Il était dans le brouillard, le fog le plus complet.

Il y avait ce soupçon sur Gé. Luc-Jean gus qu'il ne connaissait pas. Pourquoi aurait-il tué un inconnu sans raison. L'acte gratuit ?

Gé, faisant dans l'intello torturé, fan de Lafcadio, lecteur de Gide, des Caves du Vatican, lui qui avait du mal à comprendre la philosophie d'Astérix et la Serpe d'Or, qui ne prenait jamais le train ?

La légitime défense dans le « The Good All Time » ça se discute... Peut-être une réaction légèrement disproportionnée... mais il n'y a pas eu de blessés, Gé n'a pas utilisé de balles en dehors de cet événement, son chargeur n'a jamais été débiteur de plus de deux balles. Peut-on condamner une intention sans conséquences immédiates. À cette enseigne il faudrait condamner tous nos politicards dont les intentions amènent chaque année plus de douze mille concitoyens au désespoir, au suicide. Les balles ont été tirées dans The Good Old Time sans que l'on puisse retrouver leurs impactes.

JP songeur, Lola sur ses genoux, finissait son verre de mojito. Une feuille de menthe poivrée obstrua sa paille, il souffla pour retrouver un débit acceptable du liquide enchanteur de ses papilles et des idées de sa tête. Il se repassait tout le dossier. Quelque chose lui échappait. Lorsqu'il faisait défiler dans ses souvenirs les images de la fête de service, sa rencontre avec Bob, il eut un frisson. Il ne comprit pas pourquoi. Il cherchait dans sa mémoire ce que pouvait lui rappeler cette femme. L'avait-il croisée. Il prit un amuse-gueule, le porta à sa bouche... Il ressentit un malaise, une oppression dont il ne parvenait pas à définir ni la cause ni l'origine. Il en était là de ses réflexions lorsque quelqu'un a tambouriné à la porte.

-Laisse Lola, j'y vais.

JP s'est levé, s'est dirigé vers l'entrée, a ouvert la porte.

-Bonsoir... ça par exemple...

Ce furent ses dernières paroles.

Un coup de feu a claqué, le bruit d'un corps qui s'affaisse en frottant contre le chambranle. Un second tir plus mat suivit, des pas qui s'éloignent très vite.
Lola s'est précipité.
La porte était restée ouverte.
JP gisait, un trou entre les deux yeux, la peau brûlée à l'entrée du cratère.
Une ombre tout en noir qui s'enfuit au loin.
Une moto qui démarre précipitamment.
Un moteur qui monte dans les tours lancé par un poignet rageur.
Un démarrage en wheeling.
Une silhouette qui disparaît dans un bruit d'enfer.
Un bruit et une image qui s'estompent.
Un silence de plomb qui s'installe.

Lola stupéfait, figé. Il resta un moment paralysé, avant que son cerveau ne se remette en marche. Qu'il appelle les secours, prévienne la police.

JP gisait à ses pieds, les yeux vitreux, un peu de bave au coin de la bouche. Une balle en plein cœur, l'auréole de sang s'élargissait. Une seconde balle fixée entre les deux yeux.
Cette surprise éternellement figée sur le visage de JP.
Lola sanglotait.
Les secours arrivèrent avec la police. Le gus assurant la permanence ne s'attendait pas à revoir son chef ce soir.
Lola prostré ne savait que répéter ;
- pourquoi, mais pourquoi ?
-Du travail de pro ! constata le flic, puis après un long silence.
-Un contrat ?
Nouveau silence.
-Un ancien « client » arrêté par JP, condamné trop lourdement à son grès, plein de rancœur, venu se venger ?

Le légiste est arrivé dans sa panoplie de cosmonaute en non tissé.
Premières constatations.
Prélèvements.
Pose de numéros.
Photos.
Recherche d'empreintes sur la porte.
Corps transféré à l'institut médico-légal.

Sur la table glacée, JP à poil révélait ses secrets les plus intimes. Le légiste avait observé, examiné, chromatographié, mesuré, déterminé l'angle des tirs, découpé, analysé, génétique, caryotypes. Il était allé de surprises en surprises !
Dès le début.
Dès qu'il avait déshabillé le mortibus.

Un strip-tease plein d'inattendus.

JP n'était pas tout à fait un homme, ni génétiquement vraiment une femme.

JP possédait le caryotype XY comme un homme mais avec une translocation du locus Sry comme certaines femmes à fort taux de testostérone.

Il, ou elle, se trouvait dans le même cas que la sprinteuse Sud-Africaine Caster Semenya.

JP, lui, n'avait pas d'ovaire, son taux de 5α-réductase de type 2 expliquait la chose. Sa testostérone trop élevée pour un sujet féminin, était sécrétée par des testicules internes. Peut-être une explication de son comportement. Le cul entre deux chaises, JP valorisait l'agressivité pour mettre en avant son côté mâle.

Des testicules internes comme les éléphants. Un gus qui trompe son monde, dira Gé.

Pour ses obsèques, bien que JP ne fût pas croyant, Lola organisa une Divine Liturgie ayant pour cadre une église orthodoxe d'orient.

Lola tenait à une cérémonie qui ait de la gueule, qui reste longtemps dans les mémoires. Orthodoxe c'est ce qu'il avait trouvé de plus grandiose pour dire un adieu en grande pompe à JP. Lorsque tu n'es ni vedette, ni politicien, c'est souvent trop vite bâclé.

Les chants, les costumes chatoyants, les ors donnaient plus de majesté à la cérémonie. Lola lança des invitations à leurs amis, connaissances, à tout le commissariat, même ceux du sud du bâtiment. Il y avait du monde. Parmi eux Lola comptait ceux venus accompagné une dernière fois un ami, ceux qui pensaient que leur présence était indispensable à la grandeur d'une cérémonie, ceux qui voulaient se faire voir, ceux désirant être certain que le mec qu'ils ne pouvaient pas

blairer soi bien mort.
L'église affichait presque complet. C'était limite de trouver un marché noir pour à prix d'or obtenir une place assise.
 Tous entrèrent intimidés dans le lieu de culte orthodoxe. Pour beaucoup c'était une première. Ils se signèrent trois fois, le buste incliné, comme il était stipulé dans le mode d'emploi que Lola leur avait distribué. Ils se signèrent aussi chaque fois que la Sainte Trinité fut évoquée.
 La Divine liturgie commença.
 Chez les orthodoxes la messe se dit Divine Liturgie. Elle comportait trois parties : la préparation des offrandes, la liturgie des catéchumènes, la liturgie des fidèles. La « proscomedie » débuta par une prière du diacre et des chants, dans le sanctuaire, derrière la cloison décorée qui le sépare du reste de l'église. Suivit la liturgie des catéchumènes. Le prêtre et le diacre sortirent du sanctuaire par la porte de gauche en apportant le livre de l'Évangile. C'est ce que l'on nomme « la petite entrée ». Le prêtre arrivé devant les portes centrales du sanctuaire, l'épître fut lu. Le diacre chanta l'évangile, s'ensuivit la prédication et la prière pour les fidèles. Arriva enfin le moment de la liturgie des fidèles. Le prêtre et le diacre sortirent du sanctuaire avec le pain et le vin. C'est ce que l'on nomme « la grande entrée ». Ils les portèrent sur l'autel. Le prêtre donna le baiser de paix, dit le symbole de foi. Puis débuta l'anaphore, la prière eucharistique. Les portes du sanctuaire furent ouvertes pour la proclamation de l'épiclèse, l'invocation à l'Esprit Saint. C'est à ce moment qu'eut lieu la consécration. Pendant que le prêtre communiait, son chant envahit le lieu. Ensuite le prêtre donna aux fidèles la communion au corps et au sang du Christ en déposant dans leur bouche, avec une cuillère, le pain trempé dans le vin.
C'est la communion par instinction.

Les fidèles ayant communié, le prêtre sortit du sanctuaire et se rendit devant l'icône du Christ. Il donna la bénédiction aux fidèles...

-Putain que c'est beau s'exclame Al, j'en avais les poils des bras au garde-à-vous. Tout en moi vibrait, un redressement général, par décence j'ai contenu une folle envie d'érection. J'ai également trouvé sympa d'offrir le mijé aux participants. Un vrai sens du convivial. Peut-être un regret concernant sa recette, ça manquait de sucre et son vin n'était pas assez frais. N'est pas charentais qui veut pour te faire un bon mijé.

Se tournant vers Gé, il lui demanda.

-Que fous-tu avec ce pot de vaseline, tu ne devais pas le donner au moment des offrandes ? De la vaseline... quelle idée !

-Lola m'avait averti que ma présence, ainsi que celle de mes amis, collègues et connaissances, était souhaitée pour assister à des zobs secs. Je voulais offrir aux victimes de cette sécheresse cutanée de quoi lubrifier, pour créer de la fluidité dans leurs va-et-vient si la réunion finissait en partouze.

-Putain que t'es con... Tu ne respectes rien. Faut dire que nous sommes venus parce que c'était notre chef, une obligation... Vivant, ce gus, je ne pouvais pas le blairer plus que toi.

Gé toujours iconoclaste, devant Bob qui le regardait scandalisée :

-Dommage que Mozart ne soit pas venu nous jouer son tube, le fameux Requiem.

-Mozart ? Il est mort en 1791, s'étonna Bob de cette sortie de Gé.

-Tu en es sûre ? Regarde dans les pizzerias, partout mozzarella.

Bob le regarda curieusement. Dans sa tête des choses se mettaient en place. Hier, aujourd'hui, les souvenirs se réarrangeaient. Des disparus réapparaissaient... des portes cadenassées s'ouvraient... L'enfance, les blagues Carambar...

Les invités en cortège se dirigèrent ensuite vers le lieu de l'incinération. Ted toujours à l'envers remontait la colonne marchant d'un bras lent et solennel. Il se livrait à des réflexions. Il goûtait au fait que pour cette cérémonie, toutes les femmes aient revêtu, qui une robe, qui une jupe. C'était son point de vue. En les dépassant il se fendait d'un :

-Joli collant, superbes bas et jarretelles, string très tendu, culotte de dentelle, pas d'épilation, touffe apparente, pas de culotte mont de vénus déboisé...

Lola vint interrompre cette violation de l'intimité de ses invitées. Il demanda à Al de lui faire recouvrer la raison et une dignité de comportement.

Al prit Ted entre deux yeux et dix orteils.

-Monsieur, vous n'avez rien à faire dans ce roman. Vous êtes ici dans « Albert et Gérald ». Votre conduite est scandaleuse, veuillez retourner de suite chez vous, dans « Baltimore hécatombes ».

-Si vous le prenez comme ça, je vous quitte, j'en suis d'ailleurs fort aise, je n'ai pas croisé un seul kangourou dans votre roman à la con.

JP fut incinéré. Lola avait choisi :
« God »
« Jealous Guy »
« Imagine »
« Working Class Hero »
« Mother » de John Lennon,
pour le temps de la crémation. Beaucoup de musique, JP étant corpulent, il fallait tout ce temps pour que la totalité de son corps devienne cendres. Les flammes étaient bleues. Signe d'espoir.

Gé toujours à la pointe de l'humour, à voix basse vers Al :

-heureusement qu'il ne se prénommait pas Phénix maintenant qu'il est en cendres...

-Ni René, répliqua Al, qui n'était pas le dernier pour la déconne.

-Pour une fois, par lui, l'urne ne se voit pas une fois de plus garnie d'une connerie... Les cendres riches en phosphore sont un bon fertilisant...

JP avait un rêve.

Lola le respecta.

Il finira sa vie moléculaire sur l'Île Madame.

Île faisait face à Port-des-Barques, à Fouras-les-Bains, à L'île d'Aix, de Ré, d'Oléron, au Fort Enet et Fort Boyard.

Lola arrivant à Port-des-Barques, il attendit la marée basse pour avancer, l'urne à la main, par la passe Aux Bœufs et prendre pied sur l'Îlot.

Sur place il affréta une calèche. Lola dans son équipage fit découvrir les lieux aux cendres de JP. Ils passèrent la Redoute, les Casemates, le puits et sa passerelle, le puits des insurgés, la Croix de galets, la Sépulture symbolique, un mémorial, Notre-Dame Reine des Martyrs, la ferme Aquacole.

Vint le moment des adieux. S'avançant sur le ponton d'un carrelet, Lola se recueillit longuement. Il observa la direction du vent, pour ne pas se prendre les cendres dans le nez. Aimer quelqu'un toute sa vie, puis au moment des adieux l'avoir dans le nez... Finir sur ce souvenir... Cette idée lui arracha quand même un sourire. Se ravisant, il se dit que ce serait un triste départ pour l'éternité des sentiments, cette éternité que rongera l'oubli. Vent dans le dos, Lola ouvrit l'urne, JP ou ce qui en restait, se dispersa au gré du vent. Une mouette rieuse et un goéland au bec jaune survolèrent le débarcadère, ils surveillaient leur territoire. Les restes carbonés du bien-aimé de Lola tombèrent sur le vaste estran découvert, comme le reste de l'estuaire de la Charente. La marée était encore basse.

Albert et Gérald

Albert et Gérald

Au commissariat, le remplaçant de JP était nommé. Ni Al, ni Gé n'avaient été promus. Ils en avaient gros sur la patate.

Commissaires, ils se votaient de suite l'achat d'une 125 Honda Shadow en lieu et place de leurs « Bleue » Ils équipaient leurs Santiags d'éperons. Fini le rêve, morts les espoirs. Le remplaçant déjà nommé par les autorités. Pas le temps pour Al ou Gé de prendre le poste en intérim, pour montrer ce dont ils étaient capables. Pour prouver à la hiérarchie que l'un ou l'autre serait le meilleur choix. Chacun pensant que ce serait lui. Chacun des deux se désolait pour l'autre, qui de toute évidence moins méritant, n'aurait pas été nommé...

PJ était présente dans les bureaux très tôt. Bien avant eux, elle s'était enfermée dans le bureau de JP pour prendre connaissance des dossiers. À leur arrivée Al et Gé tombèrent sur une nouvelle note au tableau d'affichage. Elle stipulait la tenue d'une réunion exceptionnelle de service. Elle indiquait la salle, précisait à la seconde près, l'heure de la réunion. Elle exprimait la volonté d'obtenir la présence de tous. L'heure sonnant aux clochers des églises que chacun avait dans la tête. La porte s'ouvrit. Le remplaçant de JP apparut dans l'encadrement, avança d'un pas décidé dans la salle de réunion.

La salle affichait complet. Du planton au plus ancien dans le grade le plus élevé, tous attendaient. L'arrivée de PJ vit surgir un flot de murmures de surprise. Le remplaçant de JP... c'était une remplaçante. Mais pas que. La dévisageant, tous n'en crurent pas leurs yeux. JP en travelo. Le portrait craché de JP déguisé en femme. Seul un détail contredisait la résurrection de JP. PJ semblait gauchère, JP était droitier. Elle se présenta :

-Bonjour à tous, je suis PJ. Non je ne suis pas JP, il ne s'est pas réincarné dans la nuit, n'est pas ressuscité tel Lazare de Béthanie. Que mon frère repose en paix. Pour couper court à toutes les interrogations, pour ceux qui aiment la précision biologique, je suis la jumelle homozygote miroir de JP. Notre cursus est identique. Mêmes études, mêmes postes, nos chemins professionnels, contrairement à nos choix de vie, ont toujours été parallèles, c'est ce qui me vaut ce poste. Je l'ai accepté pour trouver et mettre hors d'état de nuire celui qui a tué mon frère. J'en fais une affaire personnelle. Mon challenge de prise de poste. Je suis aussi là pour faire aboutir les autres dossiers en cours, avec vous tous, résoudre avec succès les futures énigmes que la vie mettra sous nos pas. Les plus observateurs auront remarqué qu'outre notre apparence physique, une chose nous différenciait, JP et moi. Il était droitier, je suis gauchère. Revenons à la raison officielle de ma nomination ici. Notre hiérarchie a souhaité de la continuité dans la gestion et le commandement de ce service. Je suis certaine, que tous ensemble, nous allons faire du bon boulot. Tout ce qu'avait prévu JP sera tenu. Je reprends tous ses dossiers sans exception. Des questions ?

Personne ne moufta. Tous se regardaient. Ils avait l'impression d'être devant un extraterrestre, un fantôme... certains allaient jusqu'à se pincer.

-Bien, je vous remercie de votre présence et de votre ponctualité, nous allons faire une sacrée bonne équipe, j'en suis persuadée. Vous pouvez tous regagner vos postes. Al et Gé, j'ai besoin de vous au bureau.

Al et Gé suivirent PJ. Elle s'installa dans le fauteuil de

JP, leur fit signe de prendre place sur des sièges faisant face au bureau. Elle les regarda l'un après l'autre. Le silence devenait pesant. Elle consulta le dossier laissé par JP. Les regarda de nouveau, eut comme une esquisse de sourire. Plutôt de rictus. Frappant de l'indexe sur le dossier :

-Je viens de recevoir les résultats des tests ADN de Séraphine Zilda et ceux de Luc-Jean. Luc-Jean est à 99,99% le père de Séraphine.

Gé sentit comme un malaise, le sol paraissait moins présent sous ses pieds.

-J'ai un problème avec vous deux. Particulièrement avec vous, Gé. Tous les tests balistiques le prouvent, c'est votre arme qui a tiré les balles dans l'orbite oculaire de Luc-Jean. L'autopsie montre aussi que les tests concernant votre Katar sont formels, l'entaille correspond exactement. Il n'y a aucun doute là-dessus. La forme de la blessure, sa profondeur, la façon dont les chairs sont tranchées. Ce sont vos armes qui ont tué Luc-Jean. J'ai regardé vos vidéos, les témoignages. J'ai vérifié, pendant les douze derniers mois, vous n'avez pas utilisé votre arme de service en dehors de ces deux tirs au The Good Old Time. C'est pour cette raison que je dis que nous avons un sérieux problème. Je suis donc obligée de vous dessaisir de cette enquête. Rassurez-vous, cela ne vous pénalisera pas pour l'obtention de vos mobylettes, vos « Mob orange ». Elles sont commandées, elles arriveront en fin de mois.

Al et Gé furent déçus de se voir retirer l'enquête mais furent heureux d'avoir leurs nouvelles mobylettes.

-Je vous consigne chez vous. Restez à notre disposition jusqu'à ce que nous trouvions l'explication de ce mystère.

Al et Gé, le cœur lourd, avant de prendre congé ne purent éviter une dernière plaisanterie.

-Comme nous sommes en quarantaine, nous pouvons

boire des bières, de la Corona, il paraît que dans les bouteilles personne n'a trouvé de virus.

Satisfaits de partir se reposer en beauté, ils prirent congé. PJ les regarda s'éloigner, l'air attristé... Une pensée traversa son esprit :

-Si mon frère s'était suicidé parce qu'il ne les supportait plus, s'il avait dépassé la dose supportable, pour atteindre la létale ?

Chacun des deux bas de plafond de l'humour regagna son domicile.

Albert et Gérald

Bob se souvenait que Luc-Jean était son père. Comprenait sa disparition inexpliquée. Il avait été tué. Elle se souvenait maintenant de la scène dans « The Good Old Time » Revoyait Gé tirer sur son père, le poignard, puis froidement sortir son gun, viser soigneusement l'homme sidéré. Deux tirs précis dans l'œil. Elle revoyait aussi le cadavre de Luc-Jean juste à la sortie. C'était forcément Gé qui l'avait tué. Pour elle il ne pouvait en être autrement.

    Elle avait perdu sa mère, puis son père, tous les deux assassinés. Pour sa mère, officiellement toujours pas de coupable. Elle ne voulait plus revivre ces parodies de justice. Une bouffé de haine contre Gé l'envahit. De la rage aussi. Gé avait laissé son arme de service. Il n'était plus autorisé à la porter depuis ses derniers tirs.

    Bob voyait rouge. Tout son corps criait vengeance. L'homme qui partageait sa couche... l'assassin de son père. Elle se saisit de l'arme, retira le cran de sécurité, arma une balle dans la culasse. C'est à ce moment que Gé arriva devant sa porte. Un casque sur les oreilles il écoutait The Them « Baby Please Donn't Go »

> *Baby, please don't go*
> *Baby, please don't go*
> *Baby, please don't go*
> *Down to New Orleans*
> *You know I love you so*
> *Baby please don't go*

Ouvrant la porte, il s'annonça. C'est moi chér...

  Deux coups de feu partirent. Deux énormes détonations suivie d'un silence de mort. Gé ne finit jamais sa phrase, il s'écroula. Une troisième orbite, au milieu de son front venait de se créer. Un coquelicot s'épanouissait sur son cœur. Bob le regardait. Le calme se fit en elle. Dans sa tête Mouloudji chantait « Comme un P'tit Coquelicot ».

> *Le myosotis, et puis la rose,*
> *Ce sont des fleurs qui dis'nt quèqu' chose !*
> *Mais pour aimer les coqu'licots*
> *Et n'aimer qu'ça... faut être idiot !*
> *T'as p't'êtr' raison ! seul'ment voilà :*
> *Quand j't'aurai dit, tu comprendras !*
> *La premièr' fois que je l'ai vue,*
> *Elle dormait, à moitié nue*
> *Dans la lumière de l'été*
> *Au beau milieu d'un champ de blé.*
> *Et sous le corsag' blanc,*
> *Là où battait son cœur,*
> *Le soleil, gentiment,*
> *Faisait vivre une fleur :*
> *Comme un p'tit coquelicot, mon âme !*
> *Comme un p'tit coqu'licot.*

  Des morceaux de cervelle avaient jailli par le trou derrière sa tête. La balle était ressortie pour se loger dans le bois de la rampe d'escalier. Bob comme une somnambule appela les secours, la police. À leur arrivée elle déclara qu'elle avait entendu une moto démarrer en trombe juste après les coups de feu.

  Elle avait l'air si défaite, si attristée, si ravagée par la douleur, qu'aux Oscars, elle aurait décroché haut la main, le premier prix d'interprétation féminine.

Albert et Gérald

Gé eut un bel enterrement. Pour le conduire au crématoire tous ses amis du club des fanas de Solex suivaient sa dépouille en formation. Tous vêtus d'un Marcel bleu, d'un jeans blanc, de Santiags rouges, sur la tête une crête Iroquoise verte.

En tête du cortège à guidon et pédales, formant l'escadron, des modèle de 45 cc à roues de 650 de 1946, suivis des modèles 1952 à roues de 600, les premiers 49cc, les fameux 330 de 1954. Un seul 660, le premier Solex à cadre avec repose-pieds, un modèle de 1956. Trois 1010 de 1958. Un 1400 de 1959 à roues de 19 pouces. Deux 1700 à embrayage automatique. Cinq 2200 de 1963, les premiers moteurs antiparasités, pour ne plus se faire entendre sur les transistors lors de leurs passages. Venait ensuite un 3300, le premier à cadre carré. Terminaient la patrouille trois 3800 de 1967, ses majestés avec leurs nouveaux moteurs.

Suivaient à quelques mètres, ne pas mélanger les torchons et les serviettes, le club « Moto-bécane » Sobrement vêtus d'une veste sans manches en daim, des franges soulignant la poitrine, bandana rouge façon corsaires, pantalon de skaï noir, chaussés d'espadrilles blanches, chevauchant des AV32 de 1952, des AV79 de 1965, des Cady M1 de 1975, un bataillon d'AV88L et d'AV89.

Bob tout en noir, chapeau à voilette anti-mouches, chemisier noir de dentelles, soutien-gorge noir, jupe noire en cuir, bas résilles noirs, escarpins noirs, gants de soie noirs, sac à mains noir en peau d'autruche. Elle avait choisi la musique

pour accompagner la crémation.
The Yardbirds « Over, Under, Sideways, Down ».
Justin Johnson's « Rumble Strippin' ».
The Rolling Stones « Sympathy For The Devil » « Got Live If You Want It » « Satisfaction ».
The Rutles « Lonely-Phobia ».
Led Zepplin « Stairway to Heaven »
Dr. Feelgood « Bonie Moronie Tequilla » et « Sneakin' Suspicion ».

Les flammes de l'enfer éteintes, le réceptacle des cendres refroidi, un karaoké d'AC/DC pour que tous les participants reprennent en choeur :
« Highway To Hell »

    Living easy, living free
   Season ticket on a one-way ride
    Asking nothing, leave me be
    Taking everything in my stride
  Don't need reason, don't need rhyme
   Ain't nothing I would rather do
     Going down, party time
   My friends are gonna be there too

    I'm on the highway to hell
    On the highway to hell
     Highway to hell
    I'm on the highway to hell
    No stop signs, speed limit
   Nobody's gonna slow me down
    Like a wheel, gonna spin it
   Nobody's gonna mess me around
    Hey Satan, paid my dues
    Playing in a rocking band
     Hey mama, look at me
I'm on my way to the promised land, whoo!
    I'm on the highway to hell
     Highway to hell
    I'm on the highway to hell

Albert et Gérald

Highway to hell
Don't stop me
I'm on the highway to hell
On the highway to hell
I'm on the highway to hell
On the highway
Yeah, highway to hell
I'm on the highway to hell
Highway to hell
Highway to hell
And I'm going down
All the way
Whoa!
I'm on the highway to hell

  La voix de Bon Scott, la vidéo, l'excitation atteint des sommets, la chaleur des flammes, tous finirent nus à hurler Highway to Hell avec Bon. La cérémonie dériva en immense partouze.
Les passifs criaient « I'm on the highway to hell ».
Les actifs couvraient leurs voix par « Don't stop me ».
Les orgasmes gémissaient : » And I'm going down all the way. ».
  Il y avait même Jocaste, mère de famille la cinquantaine épanouie, professeur de français du Lycée Lorrain de Paris, que nous appellerons Emmanuel. À son arrivée, elle tenait par la main son jeune élève prépubère Œdipe Roi que nous nommerons Brigitte. Le garçon de quinze ans semblait doué pour résoudre les devinettes du Sphinx Carambar. Emmanuel plus dévouée corps qu'âme, lui donnait des cours particuliers de sensualité. Elle le préparait, en se faisant grimpée dessus, à de hautes fonctions. Brigitte jouait de la laiterie, escaladait Vénus, pénétrait Dikté, son Amalthée de sa laitance nourrissait son Zeus. Plus tard, le rêve d'Emmanuel réalisé, Brigitte découvrira qu'il était responsable de la pauvreté envoyée sur

son peuple par le banquier Apollon... L'histoire est devenue mythique...

Le maître de cérémonies leur fit reprendre leurs esprits. Beaucoup criaient qu'ils étaient possédés, qu'ils avaient vu Lucifer, Belzébuth, en personne. Un sentiment de gène envahit l'assistance.

La chanson terminée, tous regardaient le ciel pour voir l'âme de JP s'élever vers de nouvelles flammes plus éternelles.

Le silence se fit lourd. Un homme pratiquant l'hypnose ericksonienne, un élève de Judith Fleiss se fit connaître. Il proposa aux participants de leur faire oublier ce moment d'égarement. Par des incantations, de l'hyperfocalisation, une action sur la réduction des champs de conscience... Les mémoires furent purgées de cet avatar de galipettes ludiques, de bourse d'échanges des libidos, de jeux de bêtes à deux dos, voir plus pour les plus souples, de connaissances corporelles instantanées.

Ne subsista dans les esprits qu'une question qui demeurera maintenant sans réponse : d'où venait cette inexplicable odeur de foutre qui flottait dans l'air, ces taches suspectes sur des vêtements moins repassés qu'ils n'auraient dû l'être... L'adepte de Milton Erickson lui-même eut un trou de mémoire. Le grégaire fonctionnait aussi dans ce sens. Personne ne garda officiellement le moindre souvenir du moment, bien qu'inconsciemment, certains ressentaient une envie confuse de revivre... sans parvenir à définir quoi.

Gé refroidi, fut versé en poudre dans l'urne, la boîte hermétiquement fermée, la musique un instant mise sur pause.

PJ demanda la parole. Grattement de gorge, éloge du défunt.

Al se dit que la crémation ne brûle pas seulement ton corps, elle crame aussi tes défauts. Qu'il est doux d'être mort pour n'avoir que des qualités et laisser tant de merveilleux souvenirs.

    Après ce lénifiant discours valorisant Gé, augmentant ses mérites, taisant ses défauts, PJ proposa à tous de se retrouver chez elle pour leur offrit le verre de l'amitié et fêter son arrivée.

Albert et Gérald

Albert et Gérald

Chez PJ, dans un immense récipient de verre, un punch planteur de derrière les fagots attendait de mettre le feu dans les gosiers. Le divin breuvage respectait ces proportions :
Un litre de rhum des Philippines créé par Stephen Carroll, le fameux Don Papa.
75 cl de jus d'orange,
75 cl de jus d'ananas,
10 gouttes d'Angostura Bitters. +

Le nom Don papa pour ce rhum en hommage à Dionisio Magbuelas Shaman et guérisseur, contremaître dans une plantation de cannes à sucre, héros de l'indépendance des Philippines.

L'atmosphère, malgré ce jour d'enterrement était bonne. Plus le niveau du punch baissait, plus celui de l'ambiance montait. La fameuse théorie des vases communicants. Sans se souvenir que peu de temps précédemment ils avaient largement dépassé les limites, certains pensaient pouvoir franchir le pas de la bienséance en ce jour de deuil. Ils dansaient collé serré.

Lola après avoir longuement hésité entre les bras d'un beau mobylettiste aux yeux pervenche, et ceux d'un sculptural vélosolexeur plus tatoué qu'une carte routière, avait finalement invité Bill.

Bill en deuil récent portait une robe noire courte très échancrée dans le dos. Ses courbes ne laissaient aucun mâle indifférent. Son parfum les attirait comme la lumière les papillons de nuit. Le lieu, l'événement, la norme qui s'imposerait, les tabous possibles à briser, l'ensemble des imaginaires, des morales individuelles à transgresser, tout cela, réuni en potion explosive faisait qu'elle excitait encore plus.

Quelques hommes portant des pantalons trop moulants ne pouvaient cacher ce qu'ils éprouvaient pour sa beauté sensuelle. Les poussées hormonales se foutaient des conventions...

Lola ressentait tous ces bouleversements au plus profond de lui, sans que personne ne le suive de trop près. Il avait osé franchir le pas, s'était lancé sur des sentiers par lui jamais foulés. Il avait invité Bill qui avait spontanément accepté. Elle aurait même ressenti une frustration s'il ne l'avait point fait.

Lorsque Lola prit Bill dans ses bras, un immense éclair envahit la salle. Une déflagration suivit d'une vibration étrange. Tout se figea un instant. L'observateur attentif pouvait remarquer qu'il se passait quelque chose entre Bill et Lola.

Bill se faisait plus lascive, laissait libre cours à sa sensualité, son corps voguait dans l'éther cosmique, cette fameuse énergie quantique du point zéro. Sa gestuelle, sa chair, ses bouffées de chaleur, en disaient plus sur ses émois que sa bouche.

Lola découvrait d'étranges sensations. Son corps apprenait, découvrait, se libérait d'a priori qui jusqu'alors s'imposait à lui, sans qu'il ne sache pourquoi. Il ne pouvait contenir une forte érection. La plus forte jamais eut. Dieu sait qu'il en a eu, dans sa vie, de carabinées. La première fois qu'une femme lui faisait cet effet. Le rouge lui montait aux joues. Ses gestes devenaient gauches.
Lola était amoureux.

Bob dansait avec un gus qu'Al ne reconnut pas de prime

abord. C'était l'agité qui cherchait partout des pissotières. Al le regarda, lorsqu'il vint à sa hauteur, il lui demanda ;

-Soulagé camarade, tu as trouvé le Graal ?

Le garçon fit oui de la tête, pour son excroissance charnelle il avait d'autres horizons.

Al pensa que Bob ne risquait plus de vivre en elle un dégât des eaux. Il fut rassuré.

Bob devait trouver le gars à son goût, sur « Satisfaction » version plus rhythm and blues d'Otis Redding, plus adaptée aux coups de reins, le chercheur de pissotières la prit à la hussarde, sur un coin de table.

Otis hurlait « I can't get no satisfaction, but I try, I try, I try ». Bob la tête renversée, couvrait sa voix, elle hurlait de plaisir. « Again and again and again ».

Ted vint vers Al, il voulait lui couper l'herbe sous le pied avant qu'il ne tente à nouveau de le chasser de son roman :

-Tu permets, j'ai quitté « Baltimore Hécatombes » avec ces deux kangourous. Je m'aventure dans ton « Albert et Gérald » pour rendre un dernier hommage à un ami, alors ne me chasse pas.

Al regarda avec curiosité les kangourous. De leurs poches marsupiales dépassaient des livres, « New York Bagatelles » pour l'un « Quand passent les Pibales » pour l'autre.

Ted observant où se dirigeait le regard d'Al expliqua ;

-Les bouquins dépassent de leur marsupie, la raison en est qu'ils ne les ont pas trouvés en livres de poche.

Al, bien qu'il ne fût point pusillanime, lui tint à peu près ce langage :

-Dans ces conditions, considère-toi comme le bienvenu.
Ted acquiesça, tournant les poignets il remarqua le sac à main de Bob. Son sang se figea. Ted courut tête à terre le toucher. Il avait craint que le sac ne fut en peau de kangourou. Ce n'était

que de la peau de piaf, de gros piafs, de ces bestioles à plumes dans le cul qui se prennent pour des girls du Lido. Il fut rassuré. Ted, des autruches il n'en avait cure.

Bob trop occupée, les sens partis loin dans l'éphémère d'un bonheur physique, n'avait pas remarqué ce gus marchant sur les mains venu lui tâter le sac à main.

Dans un coin de la salle un groupe jouait à un jeu de con.

-Combien, demanda celui qui avait la main ?
-Réaumur Sébastopol, répondit le questionné.
-Gagné !

Il prit la main, à son tour il demanda au joueur suivant, le quatrième après la racine carrée de un divisée par un :
-Quelle couleur ?

-Lumumba répondit du tac au tac le voisin du questionné, gus à qui personne n'avait rien demandé, ce qui l'autorisait à proposer une réponse. Les règles sont les règles. Si personne ne les suit, il n'y a plus de jeu possible, c'est le bordel. Si chacun respect de lui même les règles, sans être contraint par une autorité, c'est l'ordre démocratique qui règne en anarchie.

Le répondeur devenant questionnant posa sa question en prenant soin de ne pas ouvrir la bouche :
-à quelle heure, écrivit-il à l'envers sur son front pour que le questionné puisse le lire sans difficulté dans un miroir?

La jeune femme à qui s'adressait la question le regarda comme un inuit ouvre des yeux en soucoupe devant un représentant en congélateur, en tongues et chemise hawaïenne, frappant à la porte de son igloo pendant l'hiver polaire... Femme d'une beauté à coupé le souffle du moins asthmatique des joueurs, prouesse dont seules sont capables les dunes Namibiennes de Sossusvlei. Femme possédant des courbes sensuelle que jalouseraient les routes himalayennes. Femme ornée de la naïveté des taches de rousseur recouvrant un nez retroussé....

-Je ne sais que répondre, je ne sais pas faire de vélocipède en marche arrière !

-Un gage s'écrièrent la meute masculine fascinée par sa croupe et le contenu de son décolleté...

Son gage :

-elle être soumise corps et âme à celle ou celui qui remportera la prochaine épreuve, dit l'écureuil casseur de noisettes.

-Oui Oui, cria la meute en plein concours de turgescence.

-C'est à moi s'écria Abraham. S'adressant à Marie -Madeleine :

-Donne un nombre compris entre cinq et sept.

-Vélosolex, répondit Marie-Madeleine.

-Sept, j'ai gagné s'écria Abraham. Au poker menteur il n'y a pas de règles avant que la réponse ne soit donnée, ensuite celui qui pose la question en énonce une, ici le gagnant était celui qui donnerait le plus grand nombre. Par Agar et Sarah réunie, je vais faire de cette beauté ma chose, explosa-t-il de joie et de lubricité.

Avant que ses morceaux ne s'éparpillent, Abraham se précipita sur Émilie. PJ interrompit la play list en cours et passa « See Emily Play » de Pink Floyd époque Syd Barrett,.

Juste avant que ses mains ne se portent sur le corps de son gain au jeu, un immense éclair vint briser son élan.

Abraham foudroyé, son corps en cendres devint tas, un fort coup de vent venant de je ne sais où, le dispersa. D'Abraham il ne resta rien, à peine un souvenir.

Pour son éloge, quelqu'un se contenta de dire :

-C'était un usurpateur, son solex se mouvait à

l'électricité.

Une voie descendue des cieux ajouta.

Putain Abraham, soit critique, fait jouer ton libre arbitre, n'obéit pas à tous les ordres ni à toutes tes pulsions. La voie se tue, le souvenir disparu, plus personne ne se rappela d'Abraham. Son nom oublié, sauf dans quelques vieux grimoires.

La beauté fatale reprit son tricot, elle en était aux diminutions, elle devait se concentrer. Privée d'aiguilles, elle craignait qu'il avortât.

La vie continua comme si de rien n'était.

Bob semblait heureuse sur son coin de table, ses yeux se révulsaient, elle geignait de plaisir. Le gus chercheur en pissotière s'épuisait maintenant sur du Led Zepplin,
« Stairway to Heaven »
Il avait de la suite dans les idées, un sacré tempérament, rien de mieux à faire... En voici la triste explication.

Le croque-mort DJ connaissait son métier.

Le maître de cérémonies se pointa devant PJ. Il indiqua que le moment de disperser les cendres arrivait. Pour prouver ses dires il montra un pamplemousse qui ne faisait pas tic-tac-tic-tac. Les convives crièrent comme un seul homme :

-à l'urne citoyens !

Tous sautèrent sur leurs montures, sauf Ted qui enserra le dos d'un de ses deux kangourous, rendant l'autre jaloux ne n'avoir pas été choisi. Il calma sa déception, lui confirmant qu'il s'accrocherait à lui pour le chemin du retour. Le kangourou aphone ne put cliqueter, grogner, tousser, pour exprimer sa joie, mais tambourina violemment le sol de ses pattes avant. Ted fut heureux de le voir consolé.

Bob confia l'urne au pilote de la dernière Motobécane. L'escadrille de solex et de mobylettes se mit en branle ? Elle suivait les amis, les collègues et la famille motorisés dans de conventionnels quadricycles en ouverture de cortège. Tous se dirigèrent vers le cimetière. Les « quatre roues » prirent place devant le monument funéraire de Gé. L'escadrille tourna autour du champ des morts. Vent dans le dos, le porteur d'urne libéra Gé de son bocal. Les courants ascendants élevèrent ses cendres, cristaux chatoyants dans les rayons du soleil. Pour faire plus joli, dans les cendres de Gé, ils avaient ajouté des paillettes de mica. Au soleil cela devenait une féérie. Gé n'avait jamais brillé de tant d'éclats.

Pour clore cette cérémonie d'adieux en beauté, PJ avait pris les choses en main. Elle avait soutenu Bob pour l'organisation de la journée. Cerise dans le clafoutis, elle avait fait livrer aux aurores la mobylette orange qui, soudée par sa béquille, devenait la stèle funéraire de Gé.

Al devant ce monument versa une larme. La voix pleine d'émotion, au maître de cérémonies il prit le micro :

-Putain Gé, t'es con de ne pas être là, ta meule en jette tellement... c'est à pleurer, comme moi tu en aurais la pilosité au garde-à-vous, tout ce qui se dresse en turgescence. Mon camarade, mon frère d'armes, je crois que tu en serais sur le cul. T'as un putain de beau monument.

Des trémolos dans la voix il ajouta, des larmes coulant dans les sillons de ses joues :

-Tes enfants, que Lola va faire à ta femme, pourront être fiers.

Albert et Gérald

Albert et Gérald

    PJ organisa une réunion de crise. L'assassinat de Gé comme accueil, il y avait mieux. Après celui de son frère, ça tournait à l'hécatombe. Kiwi sur le gâteau, le résultat de l'autopsie de Gé, montrait qu'il avait été passé sous la rubrique perte et profits dans la comptabilité des vivants, avec la même arme que celle ayant été utilisée pour Luc-Jean. C'est-à-dire la sienne, son arme de service, celle répertoriée. Question discrétion, un bas de plafond, en première année de l'école des meurtres et assassinats, serait plus malin. Même un redoublant... c'est dire.
    PJ ne voulait pas de suite incriminer Bob, la ficelle lui semblait trop grosse... mais une perquisition à son domicile s'imposait. Elle attendait la commission rogatoire générale écrite, du juge d'instruction, avant de se pointer chez Gé.
    En attendant, elle convoqua Al dans son bureau, lui demanda d'aller sonder les gus au « The Old Good Time ».
    -Il doit y avoir à glaner quelques informations, quelques ragots, quelques rumeurs, qui pourraient nous mettre sur une piste.
    -Qui sera mon nouvel équipier, demanda Al. Existe-t-il un catalogue pour que j'en choisisse un ou une. Pourquoi pas une ? Une gaulée comme Samantha Fox jeune...
    PJ n'avait personne sous la main pour remplacer Gé.
    Ayant appris la mort du partenaire d'Al, Kristin, que nous appellerons Kristin, la journaliste stagiaire doublée d'une féministe, celle qui au cours de la fête pour l'annonce de

l'arrivée des mobs « orange » avait dansé avec Gé. La fouineuse s'était pointée. Sentant le scoop possible, elle avait rappliqué dare-dare au commissariat. Elle se proposa d'accompagner Al.

Al montra un enthousiasme plus que mesuré. Physiquement de la belle nana, rien à dire de ce côté-là. Le problème, de la fille de riches, une châtelaine nourrit aux subventions, adulée par un père hors d'âge dont la fortune l'avait autorisée à épouser un mannequin d'une conception de quelques décennies plus tardives. Le genre de fille jamais contrariée, jamais contredite, qui peut tout se permettre, tout oser, sa fortune lui permettant de toujours se projeter quels que soient les aléas de la vie. Et ce genre de fille, pour Al c'était : côtoyer ça, très peu pour moi.

-Vous n'êtes pas équipée de mobylette, déclina Al. Dommage, ajouta-t-il ironique croyant se débarrasser du colis.

-J'ai ma BMW i3 sur le parking en bas. Je vous covoiture, cela vous évitera de polluer avec votre immonde deux temps.

-Une écolo en plus d'une féministe, ne manquait plus que ça.

-Défendre le droit des femmes vous pose problème, demanda Kristin, que nous appelons Kristin, montant dans les tours.

Putain j'aurais dû me taire, enfourcher ma mobylette, me barrer vite fait, prendre par des sentiers la poudre d'escampette, des chemins étroits pour la semer, se reprocha-t-il en lui-même.

-Ce n'est pas votre défense du droit des femmes qui m'amuse, c'est votre mise sur un piédestal de votre grande prêtresse, de votre icône médiatique, l'héritière de Publicis, la fille du résistant connu sous le pseudo Blanchet. Marcel. Cette femme qui n'a eu qu'à naître, épouse du ministre et avocat, le

Don Quichotte terrassant la peine de mort des coupables, le presque grabataire rageant contre celle symbolisée par des têtes au bout de piques brandis par des manifestants réduits à l'état de misère par la clique qui protège les intérêts de sa caste. Le gus qui oublie qu'il n'y a pas que la guillotine qui tue. Le Groupe de Communication de cette pourfendeuse d'injustices a signé son plus gros contrat avec l'Arabie Saoudite. Il doit par de la communication redorer le blason de ce modèle de démocratie, la sortir de son image médiévale, barbare, inhumaine, pour la rendre présentable, parfumer ses pétro-dollars. Cette pépinière de terroristes doit être repeinte aux couleurs de la modernité. Grâce aux milliards engrangés par des prix du baril de pétrole décidé par les boursicoteurs du pays qui se vante d'être une démocratie, ce beau pays recordman du nombre de décapités par nombre d'habitants, dispose d'une manne pour se rendre sympathique. Il permet à quelques-uns de nos politiciens et politiciennes, d'être rémunérés pour faire du lobbying et défendre sa cause, sans être trop montrés du doigt. Vive L'Arabie Saoudite ce très progressiste pays des droits de l'homme en général... voire en colonel. Chacun reconnaît que pour l'avancée des droits de la femme d'une part, pour celle des droits de l'homme par la pratique de la décapitation au sabre d'autre part, ce pays est le plus avancé au monde... question écologie aussi... si j'observe la façon de vivre de ses quelques milliers de Princes de la famille régnante.

    -L'idée, le concept, l'important est là.

    -Comme toujours, la grande bourgeoisie donne des leçons de morale et de vie au peuple, mais ne peut se les appliquer sous peine de perdre ses privilèges. La peur de sa propre tête sur une pique ? Charité bien ordonnée...

    -Venez-vous enquêter au lieu de dénigrer ?

Al à contrecœur, obéit à PJ. Il suivit Kristin, que nous appelons ici Kristin, posa son cul sur le siège ferme de l'électrique et écologique voiture.

(La construction d'une voiture électrique, en CO^2 équivaut à 180000 km parcourus par une voiture thermique, au-delà de ce chiffre la voiture électrique devient écolo en CO^2... à cela s'ajoute la dévastation de sites jusque-là vierges pour le lithium des batteries, les terres rares des composants électroniques, s'ajoute aussi la production d'électricité par des énergies fossiles ou nucléaires... Nikola Tesla et ton énergie libre, reviens, ils sont devenus trop avides de pognon et nous prennent pour des cons... Cette belle unanimité des destructeurs et pilleurs de la planète se ralliant à l'écologie punitive basée sur les taxes et les spéculations boursières sur le carbone, a quelque chose d'attendrissant... Ils osent même la pédophilie intellectuelle pour vendre leur soupe. Que ce monde est beau).

Al et Kristin, que nous appelons Kristin, pénétrèrent au The Good All Time.

Ted de « Baltimore Hécatombes » jouait au billard avec Jim et Dick les gus de « New York Bagatelles ». Ronnie et Donnie les siamois de « Un plus Un ne Font pas Deux » s'engueulaient en jouant sur un Flipper Liberty Bell. Jim et Dick de « De Vegas à Bakersfield » s'affrontaient au baby-foot. Al tenta de les interroger. Tous, solidaires de Ted qui s'était vu chassé de « Albert et Gérald », en chœur lui répondirent :

-Reste dans ton roman mec, tu ne veux pas de nous dans le tien.

Tous se mirent à tourner autour d'eux en sautant comme des cabris, sauf Ted qui restait fidèle aux kangourous. Ils tournaient de plus en plus vite. Criaient, scandaient, gesticulaient... Des mots répétés, des mantras. Les passages d'ombres, de lumières encore et encore et encore...

Albert et Gérald

    Kristin, que nous appelons Kristin, eut la nausée, perdit l'équilibre, se retrouva à terre, ses mains en protection sur le sol pour amortir sa chute. Le sol souillé par des chaussures mouillées. Il pleuvait ce jour de l'autre côté du sas, en 2020. Elle eut les mains sales. Le patron de la salle, Jean-Paul vint à son secours. Pour combattre sa nausée, il lui offrit un verre d'eau et de la Nautamine. Simone sa compagne, d'une lingette Sanytol senteur citron vert, lui nettoya les mains.
    -Partons supplia Kristin, que nous appelons Kristin.
    -Petite nature, maugréa Al, avant de la suivre, ne voulant pas se retrouver piéton... Avant d'ajouter :
    -c'est la dernière fois que je me déplace sans ma mob !

Albert et Gérald

Albert et Gérald

Al et Kristin, Kristin que nous appelons Kristin, revinrent au bureau sans avoir avancé le moins du monde. D'avoir été chassés par leurs collègues des romans Américains précédents, ils en avaient gros sur la patate.

Surtout Kristin, Kristin, que nous appelons Kristin, fille issue d'une classe où se voir contester sa volonté est plus rare qu'un trèfle à quatre feuilles dans un champ de luzerne. Traitée comme la plus vulgaire fille de manant par le plus insignifiant petit bourgeois. N'a-t-elle tant de fois, toisé, méprisé, rabroué, rabaissé, tant de petites gens, de prolo, d'ouvriers, pour voir en un jour contester son autorité. Si la hiérarchie sociale est vilipendée, viendra ensuite le tour des religions, des civilisations. Des prémices de révolution ! Elle était furieuse, ruminait dans sa tête, se payait de grands mots. Pour traduire une idée simple :
Elle ne se prenait pas pour de la petite crotte.

Al et Kristin, Kristin que nous appelons Kristin, revinrent au commissariat bredouille de chez bredouille. Ils n'avaient pas pu glaner le plus petit indice supplémentaire au The Good All Time. Ils revenaient la queue entre les jambes. En propre pour celui qui en était pourvu, symboliquement pour celle que la nature n'en avait pas gratifiée. Devant l'hostilité de tous les personnages de la Saga Américaine, les titres publiés avant l'écriture de Albert et Gérald, ils avaient été contraints de fuir.

Furieux de ce rôle peu valorisant, Al qui pestait déjà

d'avoir été affublé de Kristin, Kristin que nous appelons Kristin, Al se dirigea vers l'auteur. Droit comme un coq dominant le monde sur son tas de fumier, croyant faire lever le soleil par l'unique force de son chant, il se planta devant lui. Il le regarda droit dans les yeux et lui tint à peu près ce langage.

-Ohé Monsieur de l'écriveur, si de votre plume vous continuez à me faire passer pour un con, votre Roman, vous l'écrirez sans moi. À l'avenir, je vous conseille pour mon personnage de tourner vos doigts sept fois au-dessus du clavier de votre computer avant d'écrire mes aventures.

-Vous trouvez ce prétexte pour quitter le navire parce qu'il y a des chances pour que dans les pages qui suivent vous soyez accusé de complicité, arrêté et emprisonné. Pas très beau joueur le petit personnage secondaire.

-Puisque vous le prenez sur ce ton, je vous colle ma démission. Votre histoire à la con vous la finirez sans moi.

Al tourna les talons, claqua la porte, quitta l'histoire. Prenant son téléphone il avertit de sa décision Bob et Bill.

Les deux protagonistes se pointèrent illico dans le bureau.

Par solidarité avec Al, Bill annonça qu'elle quittait aussi le récit. Elle ajouta qu'elle en avait assez d'être affublée de ce diminutif masculin ridicule, qu'elle reprenait son véritable nom pour aller tenir un rôle à la hauteur de ses capacités, dans un roman sérieux, écrit par un auteur de renom. Que de figurer dans des potacheries sans lecteur, elle en avait soupé. Elle sortit, rejoignit Al. Ils se congratulèrent de ce sursaut de dignité. Ils partirent vers de nouvelles destinées, lui sur sa « Bleue », elle sur le porte bagage. Personne depuis ne les a revu.

Bob demeurée seule en tête à tête avec l'écriveur, ne demeura point en reste question récriminations. Elle demanda à reprendre son vrai prénom, Séraphine. Seul héritage la rattachant à sa mère biologique, elle y tenait comme à la prunelle de ses yeux. Elle dit aussi qu'elle en avait assez des aventures d'un soir, que le coup du chercheur de pissotières, elle ne voulait plus en revivre. Que le côté exhibitionniste, être prise vite fait sur un coin de table, ne correspondait pas du tout à son idée qu'elle se faisait de l'amour. Que la prochaine fois, au minimum, il faudrait essuyer cette maudite table, que des croûtes de pain desséchées qui vous piquent la peau du derrière, vous gratte, vous égratigne, pour atteindre l'orgasme, il y a des voies plus efficaces. Que si, à l'avenir, son rôle ne tenait pas compte de ses desiderata, elle prendrait ses cliques et ses claques, quitterait le roman.

L'écriveur ne voulant pas se retrouver sans personnages, la rassura.

-Séraphine, à l'avenir je tiendrais compte de vos suggestions. Pour le prouver, vous redonner une vie sentimentale stable et pleine, vous permettre le coït confortable dans des draps de soie, sur des matelas chauds et accueillants, dans des chambres intimes à la lumière tamisée, sans personne pour vous reluquer... dans les pages qui suivent, je vais vous faire épouser Lola.

Séraphine heureuse d'avoir obtenu gain de cause, téléphona à son agent pour lui indiquer d'ajouter un codicille à son contrat et de venir le faire signer illico à l'écriveur.

Séraphine n'était pas sortie du bureau, n'avait pas fait cent mètres le sourire aux lèvres sur le chemin de la félicité, qu'à la porte de la salle d'écriture un groupe tambourinait.

C'était le renversant Ted de « Baltimore Hécatombes » Jim et Dick de « New York Bagatelles », Ronnie et Donnie les siamois de « Un plus Un ne Font pas Deux », Jim et Dick de « De Vegas à Bakersfield ». Ils venaient tous proposer leurs services pour terminer ce récit. Ils argumentèrent qu'ils avaient l'expérience, qu'eux avaient menée à bien leurs rôles dans les romans où ils intervenaient... etc... etc... En contre-partie de leur contribution, ils demandaient juste à ce que le titre du roman fût changé. Ils proposèrent de le rebaptiser « American Heros ».

L'écriveur minoritaire devant l'arrivée en nombre de ses personnages, n'écoutant que son courage qui lui conseillait de fuir, promis d'y réfléchir. Dans un premier temps, ils les invita tous au mariage de Séraphine avec Lola. Ils applaudirent, sauf Ted, qui lui battit des pieds... Les deux kangourous heureux, se firent un check, avant de se dire :

-c'est dans la poche coco.

Chacun appelant l'autre coco, pour éviter que ne se mettent en place des préférences. Les kangourous n'adhèrent pas au libéralisme. Ce sont des lecteurs assidus de Bernard Friot. « Vaincre Macron », « Histoire Pressées du tome 01 au tome 05 », « Puissance du salariat », « Le travail enjeu des retraites », étaient leurs livres de chevets.

Albert et Gérald

Émilie, que nous avons renoncé à appeler Bill se préparait. Le temps s'écoulait à la clepsydre du salon. Sa robe de mariée noire étalée sur le lit. Composée d'un corsage noir de dentelles et de soie sauvage, décolleté profond, manches dentelles à mi avant-bras, jupe longue en couches alternées tulle et coton, ceinture cousue, fermée par des boutons de nacre noirs, une courte traîne. Après son petit déjeuner, Émilie avait fait le point sur cette vie romancée. Elle avait rêvé d'un futur sans histoire, se voyait mise en congés de l'imaginaire de l'écriveur. Une vie normale, heureuse, à l'abri des quelques lecteurs pouvant en permanence la juger. Elle en était là de ses rêves lorsqu'un frisson la ramena à la réalité. L'eau s'était refroidi, il était temps de passer un peignoir, de mettre en forme ses cheveux, se préparer pour ce grand jour.

Guillaume, que nous appelions par son diminutif de Dolorès, Lola, avait hésité. Costume ou robe ? Il avait fini par se résoudre à la robe. C'est ce qu'il portait avec le plus de grâce. Il choisit une robe-fourreau s'arrêtant au niveau des genoux, en crêpe stretch, ornée de motifs en dentelle, col en V plongeant dans un dos transparent. Pour les pieds Guillaume garda une touche masculine. Pour ses chaussures il opta pour des Rangers pilote Hardrige Rafale en cuir cousu norvégien blanc.

La salle bruissait, tous les personnages avaient répondu présent. PJ avait revêtu son plus bel uniforme. La musique de « Turning Page » interprétée par Sleeping at Last retentit.

Émilie arriva par le côté droit de la salle. Guillaume par le gauche. Leur démarche lente et majestueuse provoqua une ola de « Hô » admiratifs qui passait de rang en rang. Émilie et Guillaume se rejoignirent dans l'allée centrale. Un rabbin se précipita pour les accueillir. Guillaume fit non de la tête. L'homme de foi regagna sa place. Un Imam vint tenter sa chance à son tour, Guillaume fit non de nouveau. L'homme pieux rejoignit le rabbin. Un prédicateur de l'église réformé s'avança. Guillaume de nouveau l'écarta. L'homme pris place aux côtés de ses concurrents éconduits. Un prêtre tenta sa chance, sans plus de succès. Il regagna sa place auprès de ses confrères d'infortune. C'est à ce moment-là qu'un petit groupe surgit dans la salle. Armés jusqu'aux dents, ils criaient :
-mort aux cons.

Tous eurent peur pour leur vie. Être con, chacun en son fort intérieur, même si par temps calme ils ne voulaient pas en convenir, devant la menace, ils ne pouvaient en écarter la possibilité. La peur de mourir vous ramène à la réalité.

Ted toujours en position renversante les apostropha.

-Messieurs, lorsque vous proclamez « mort au con » prenez-vous l'expression au singulier, en ce cas vous visez quelqu'un de particulier, cette cible définie n'étant peut-être pas dans cette salle, ou a contrario dans votre esprit l'expression est au pluriel, « mort aux cons » dans ce cas il est possible que certains se trouvent parmi nous.

Les hommes de foi discutèrent entre eux, puis ils élurent un porte-parole. L'Imam venant d'un peuple parlant une langue sémitique, le rabbin lui d'origine Ashkénaze, ses ancêtres pratiquant une langue germanique, les chrétiens se réclamant d'origine latine, c'est le locuteur sémite qui fut choisit. En cas de problème ils pourrait toujours se réfugier derrière la répulsion supposée de certains pour des langues qu'ils ne connaissent pas. Fustiger ces antisémites. Merci Dieu, bien le bonjour à Babel.

-C'est celui qui le dit qui y est, dit d'un air sentencieux l'homme du prophète.

Notre escadron de la mort se figea sur place.

-Temps mort, réclama leur chef.

Ils sortirent de la salle au pas cadencé. Ted les regarda avec mépris ; avant d'ajouter :

-Des sauvages, ça se voit à leur façon de se déplacer. S'il quittaient les lieux en bondissant tel de respectables kangourous, nous aurions pu être rassurés. Que celui qui a vu un kangourou se livrer à du terrorisme me jette la première poche marsupiale.

Dehors les cagoulés armés tinrent conciliabule. Ils votèrent une fois tous leurs arguments développés. La décision prise, ils firent un cercle, les bras en rayons, le poing figurant le centre.

-un pour tous, euh...un pour tous.

C'est une expression qu'ils avaient entendue, elle leur avait plu. Mais étaient incapables de la retenir dans son intégralité. Le début leur semblait déjà bien. Ils avaient décidé d'en faire leur devise.

Ils pénétrèrent à nouveau dans la salle de mariage, tirèrent quelques rafales de MP5 en l'air. Un passereau qui cherchait la sortie n'eut plus à se poser de questions. Une balle perdue. Un parachutage de plumes virevolta dans les lumières colorées que laissaient passer les vitraux.

-Mort au con, au singulier pour commencer, hurlèrent-ils en cœur au milieu du chœur.

Se tournant vers PJ, du canon de son MP5, celui paraissant le chef, lui intima l'ordre de le suivre. PJ demanda un nouveau temps mort. Le chef accepta. PJ rectifia son rouge

aux lèvres, mis un peu de poudre sur son nez qui commençait à briller, rallongea ses cils de mascara et dit :
-Messieurs, je suis prête, je vous suis.
-Avance poulette lui intima le second la poussant de son canon.
-Messieurs je vous avertis d'avance il est hors de question que je ponde.
-Ferme là et bouge ton croupion.
L'équipage s'avança dans l'allée centrale, se dirigea vers la porte de sortie. Ted ne put s'empêcher de partir dans une imitation de chant de poule heureuse d'annoncer à toute la basse-cour la naissance de son nouvel œuf. Toute la salle lui emboîta le pas. La tension qui s'apaise. Tous retrouvèrent leur calme. Les anxieux calmèrent leurs suées, les dépressifs continuèrent à modérer l'action de leurs sudoripares, les suicidaires regrettèrent d'avoir laissé passer leur chance.
Dehors PJ fut accroché à un câble issu d'un hélicoptère, elle fut treuillée dans les airs. La police alertée, leurs voitures arrivèrent dans une cacophonie de sirènes, une orgie de gyrophares. Le bruit devint insupportable. Tous se bouchèrent les oreilles en appuyant dessus de la paume de la main. Le bruit n'était qu'atténué, il pénétrait dans les têtes par le nez...

Albert et Gérald

Ça sonnait, ça sonnait. Al se réveilla en sursaut. Son téléphone vibrait, jouait Rossini, l'air de la calomnie. Il se frotta les yeux.
Sortir d'une réalité, d'un rêve !
Où se trouve le vrai, l'onirique ?
Putain quelle chimère, quel délire, quel cauchemar.
Al avait de la difficulté à se mettre les idées en place. Cette putain de sonnerie, encore dans les délires du cerveau qui met en forme la mémoire ?
Non, l'orchestre poursuivait l'exécution...
-Où est posé ce putain de téléphone... Là, sous le bouquin de Léonel Houssam, « La Mort dans Marcelle, ma mère ».
C'était Gé qui appelait. Putain ça frappe dans la tête. Al avait les deux batteurs déchaînés de « Oh Sees » lui jouant « The Dream »... Il prit l'écouteur beugla :
-Allô, allô... Gé ? je te croyais mort !
-Réveille-toi mec ! Hier tu as dû trop forcer sur la beuh... il y a JP qui nous convoque au commissariat toutes affaires cessantes.
-JP, il n'est pas mort non plus ?
-Putain tu veux enterrer tout le monde. Des macchabées nous en avons un vrai. Un meurtre à élucider. Un dénommé Luc-Jean Delabranche s'est fait repasser devant la salle de jeu « The Good All Time ». Criblé de balles le gus. Si tu rejoins les trous dans l'ordre du tir, tu obtiens la Madone Esterhazy de

Raphaël... Non, je déconne, il manque les couleurs, le gus n'a utilisé que du rouge pour le corsage de la Madone. Le blanc c'est la peau du gus qui sert pour la coloration des deux niards... Nous nous retrouvons au bureau. Magne toi...

Al et Gé arrivèrent en parfaite synchronisation au bureau. JP les attendait d'un pied qu'il aurait voulu ferme. Ses Berluti le faisaient trop souffrir, son hallux valgus...

Al et Gé furent surpris de la tenue de JP. Ils restèrent coi.

JP les interpella.

-Alors les gars on ne dit plus bonjour ?

-Si, si, répondit Al, mais votre tenue chef...

-Avec cette robe, que doit-on vous faire ? Le baise-main, le check, la tape dans le dos, vous enculer, vous embrasser ? Demanda Gé.

-Restez dans l'habituel, la poignée de main. Je me sentais trop boudiné dans mon Smalto. Le Chanel m'est plus confortable.

-Dommage, pour bousculer les habitudes j'aurais bien tenté une petite sodomie matinale, ironisa Gé.

Al regardait bizarrement JP. JP ressemblait trait pour trait à PJ qu'il venait de quitter dans son rêve. Si ce n'était la couleur de la robe, il s'y serait laisser prendre.

JP s'en aperçut.

-Que t'arrive-t-il Al, tu me dévisages comme si tu avais un fantôme face à toi.

-Non, juste le rêve de cette nuit. J'avais l'impression d'être dans la réalité. Là, de vous voir devant moi, je m'attendais à trouver votre sœur jumelle... Heureusement vous n'avez pas les mêmes vêtements, ni les mêmes escarpins.

-Je n'ai jamais eu de sœur...

JP n'insista pas, déjà assez occupé avec la réalité, s'il

fallait en plus tenir compte des rêves à la con de ses hommes...

De toute façon, rêve ou réalité, JP ou PJ avaient des goûts de chiotte pour s'habiller, pensa Al, et ça c'est une constante.

-Les gars nous avons un cadavre sur les bras. Je compte sur vous pour diligenter cette enquête, et surtout pour la boucler le plus rapidement possible. Je veux le coupable, les oreilles tenues entre vos doigts, dans les heures qui suivent.

-OK chef, nous sautons sur nos mobylettes, nous nous rendons sur place, cria Al plein d'enthousiasme.

-Vous prendrez la Dacia Logan comme d'habitude ! Des mobylettes de service, es-tu devenu brelin pendant la nuit ? Pourquoi pas des solex, des draisiennes, des vélocipèdes, ou des grands-bis pendant que tu y es. Gé, tu me parais le plus sensé aujourd'hui. Prends le carnet de bord et l'ordre de mission, tu es responsable du véhicule pour la journée. Le cadavre se trouve rue du Jeu de Paume.

Al semblait époustouflé qu'il prononce correctement le nom de la rue, et plus encore que le cadavre soit au même endroit que dans son rêve.

- Al pourquoi me regardes-tu comme ça ? Ai-je dit une connerie ? interrogea JP.

-Non, rue du jeu de Paume, j'attendais que vous nous disiez, rue du Jus de Pommes...

-Al, as-tu fumé un joint, te drogues-tu ?

-Non chef, c'est ce putain de rêve.

-Dans tes rêves je passe pour un demeuré, un con. Si les rêves traduisent nos pensées vraies, celles que l'on ose s'avouer... Je vois la haute estime que tu as de mes capacités intellectuelles. Je m'en souviendrai pour tes notes d'appréciation et tes possibilités de promotion... Ce n'est pas en mobylette que tu vas finir, c'est à pied un bâton à la main.

-Pointe-toi, dit Gé à l'adresse de Al. Excusez-le chef, il a du mal à se réveiller .

Al et Gé montèrent dans la Logan, ils se dirigèrent vers la rue du Jeu de Paume. Il y avait un attroupement devant la salle des jeux rétro. Les badauds sont plus rapides que les mouches pour repérer un cadavre.

Le légiste était déjà là, il y avait aussi Séraphine. Séraphine les yeux hagards, un zombie.

-Que fais-tu là ? lui demanda Al surpris.

-Chérie pourquoi ? compléta Gé.

D'une voie blanche, mécanique, égrenant les mots un à un comme un musulman, un bouddhiste, un chrétien ou toute autre filiale des boîtes vendant de la prière, les grains d'un chapelet. Séraphine expliqua.

-Il s'est présenté à moi comme étant mon père. J'avais fait les tests de recherche d'ADN pour connaître mes origines sur MY HERITAGE. Il a fait la même démarche. Il venait de recevoir ses résultats. Il venait d'apprendre qu'il était mon père à 99,99%. Il m'a contactée aussitôt par leur intermédiaire. Il m'a révélé que ma mère ne pouvait pas être la pharmacienne du boulevard Richard Lenoir, comme je l'imaginais, puisqu'il ne la connaissait pas, ne l'avait jamais rencontrée. Il a commencé à me raconter mon histoire. Ma mère était une chanteuse, femme libérée aux mœurs décomplexées. Une grande amoureuse, elle a eu beaucoup d'amants. Musicien de son groupe, il fut l'un d'eux. Lorsqu'elle donna la vie au bébé que j'étais, elle était en plein trip avec un groupe de rock'n'roll Britannique en délicatesse avec le fisc de son pays et leur brigade des « stups ». Elle était très jeune. Fille d'une riche famille qui avait fui son pays où des révolutionnaires maoïstes et Anarchistes enlevaient et rançonnaient les familles hautes bourgeoises. Elle accoucha sous X. Voilà mes origines. Ma mère est par la suite devenue très célèbre, une très forte position sociale. Il m'expliquait tout ça, allait me révéler son nom, lorsqu'une voiture a déboulé de la rue du Vieux Versailles, les fenêtres tintées à peine entre ouvertes, la radio à fond diffusait la version de Georges Aber, interprétée par les Chaussettes Noires, de la chanson « You Talk Too Much ». Une rafale a crépité, la chanson s'est éloignée, de leurs vitres on entendait le refrain « bla, bla bla bla, bla tu parles trop ». Mon père est tombé, le nom de ma mère est resté coincé dans sa bouche. Une voiture noire aux vitres teintées. J'ai cru distingué des uniformes. Notre rendez-vous devant cet établissement a fait surgir en moi des souvenirs d'enfance, des souvenirs que je m'étais inventés. J'ai eu un flash, puis un voile devant les yeux. Je me suis évanouie. Lorsque j'ai repris connaissance, mon père était allongé, dans cette mare de sang. Je ne peux en dire plus, je n'ai aucun autre souvenir.

-Y-a-t-il des témoins ? demanda Al.

Le légiste faisant les premières constatations secoua négativement la tête.

-Tous les badauds ne sont que des voyeurs a posteriori, puis il ajouta, d'après les douilles trouvées, des 5,56 x 45 mm Otan, c'est du HK416. Une arme militaire en usage chez nous actuellement.

Le légiste regarda Al, il avait quelque chose en tête, mais préféra le garder pour lui. Il se contenta de dire sur un ton laconique :

-Le silence est d'or, le briser, c'est risquer la mort. Il y a des secrets qu'il vaut mieux laisser enfouis, la raison d'État...

Un gus semblait plus concerné que les autres. Le smartphone à la main il filmait sans arrêt. Al, s'approcha de lui, le questionna. Le type leva le pouce :

-je like à donf, je like.

Puis il fit des selfies. Un de lui et du cadavre, un de lui et d'Al, un de lui et du légiste. Les macabres photos complétèrent son compte Face Book.

-Fais-en un de plus, le moqua Al, un de toi et de ta connerie. Pour que tout tienne dans le cadre, utilise un fish eyes.

Al lui demanda ensuite s'il avait vu passer la voiture chantant « Tu parles Trop » des chaussettes noires et d'Eddy Mitchell.

-Je like pas, je like pas, se contenta de dire le gars. Je like
« The Weeknd Blinding Lights »,
pas Mitchell.

Gé se tournant vers Al :

-Laisse tomber, il a des goûts de chiottes, tu vois qu'en plus il a épuisé son vocabulaire, c'est un gus génération smartphone et réseaux sociaux. Plus un neurone de disponible pour du sens critique. La clique qui a réduit le monde à la servitude pour son unique service, n'a pas fait que supprimer tous les mots négatifs. Pour être plus efficace que la Novlangue, ils les ont tous supprimés. Ne reste à ces pauvres déchets que des onomatopées. Plus de mots, plus de concept, plus de pensée. Le plus fort, les gus se sont précipité pour se frotter le cerveau sur la rappe à neurones du numérique, ils se sont décérébrés eux-même... Ils bêlaient même pour que la rappe soit plus grosse, faisaient des queues interminables pour à prix d'or se la procurer. Ne réagissent plus qu'aux stimulations de leurs smartphones. Sont en permanence téléguidés. Ne se posent plus de questions, ne font qu'une chose, obéir à leurs nouveaux Dieux, les oligarques, les possesseurs des multinationales, qui tiennent tous les états par les couilles depuis que leurs larbins au pouvoir ont convaincu les peuples que leurs états ne devaient plus emprunter sans intérêt aux banques nationales émettrices de monnaie, que l'or ne devait plus être le garant de sa valeur, que ces banques nationales dorénavant émettraient la monnaie pour en approvisionner les banques privées, qui elles le prêteraient avec des intérêts. Ils inventèrent les dettes nationales, rackettèrent les peuples dont les impôts directs ne serviraient qu'au remboursement de ces intérêts, détournant cette manne des caisses des retraites, de celle de la sécurité sociale, de l'éducation nationale pour qu'à terme tout devienne privé, pour ponctionner encore et encore les peuples décérébrés... Connectés volontaires, ils se croient libres. Tombent en capilotade comme des chiffons s'ils manquent de réseau.

Génial le système, ne fabrique plus que des dociles, des bénits oui-oui. Dès le berceau le numérique remplace les fées pour se pencher sur eux. Il ne leur reste comme pouvoir d'indignation que des sujets de détails sans intérêt mis à cet effet sous leurs nez, enfoncés dans leurs oreilles. Ils ne voient plus depuis longtemps le principal. Le système est plus fort que dans 1984 de George Orwell... Plus de risques de remise en cause, il suffit d'attendre l'extinction des générations précédentes, des derniers résistants et de quelques classés déviants. Le peuple a été trahit par la pseudo gauche complice. Les sociaux traîtres ont accompli la sale besogne que la droite n'osait pas faire. Un relent de paternaliste que les socialistes n'avaient pas. Ils ont abandonné la lutte des classes au profit de l'individualisme, la compétition entre tous. Ils n'ont plus qu'un rôle pour purger la révolte, castrer les rébellions, les canaliser sur du sociétal, si possible sur de l'évolution qui ouvre la voie à de nouvelles possibilités de profits. Tout marchandiser, breveter le vivant, spolier la nature, faire fric de tout bois.

Al écoutait Gé, puis lui demanda :

-C'est ton HK416 sur le siège arrière ?
-Je l'ai trouvé posé dessus ce matin avant de venir au bureau. Pourquoi cette question ?
-Le tissu du siège est roussi dessous le canon.
-L'arme à dû être posée avant que le canon ne soit complètement refroidi.
-Si ça se trouve il y a des mecs qui ont été refroidi avant lui...

Gé sourit à la remarque, sans ajouter un mot.
Al le regarda, puis s'adressant à lui :
-Pince moi !
Gé s'exécuta.
-Putain je ne sens rien. Qui a piqué ma réalité.
Al transpira, s'agita.

Ses draps étaient humides, froissés dans le sens de la longueur, la trace dans un lit que laisse un homme, lorsque l'on trouva son cadavre.

La recette Aztèque du datura, pour ses effets psychotropes et hallucinogènes n'a pas bénéficié de l'ajout de vin et de cannabis de la version Chinoise du breuvage. Le cœur n'a pas tenu... mais avant de partir, quel voyage, que d'aventures... pour finir les muqueuses sèches, la mémoire court-circuitée, les idées en salade russe, le bizarre et l'étrange emplissant la tête.

Le ciel redevenait bleu. Gé regardant son copain :
-il ne se passe jamais rien dans ce bled, pour une fois qu'il y a de l'inattendu, t'es pas là, t'as préféré être mort, ce matin, c'est toi l'inhabituel....

Albert et Gérald

À l'enterrement de Al, sur un char le groupe « Oh Sees » était à l'ouvrage. Les bras de Dan Rincon et de Paul Quattrone laissaient des traînées dans l'air. Ils frappaient comme des sourds sur les grosses caisses, les toms, les cymbales les caisses claires. Ils imprimaient un rythme d'enfer. Tim Hellman à la basse amplifiait le beat. La guitare de John Dwyer partait dans des délires.

Une musique d'enterrement à te réveiller un mort. Al hésitait à le faire. Il tergiversa un moment emporté par l'ambiance, mais se ravisa, le mystère de découvrir l'inconnu de son futur monde des ondes l'emportant sur l'envie de jaillir de son carton.

Les amis venus lui rendre un dernier témoignage se trémoussaient sur ces rythmes lancinants, proches de la transe chamanique. Ils vibraient à l'unisson. Au fond d'eux ils étaient joyeux. Al devenu vibration dans son éternité sera bien accompagné, il y a autour de lui, pour son départ de l'énergie à revendre. Ils riaient de savoir qu'à son arrivée dans le paradis des ondes ça allait changer de vibration, avec Al ça frisera la haute fréquence. Fini les berceuses et les airs à la con, la guimauve et le dégoulinant de mièvrerie.

Place au blues, au boogie-woogie, au rock'n' roll. Certains, plus sensibles aux ondes que les cartésiens ne perçoivent pas, sentait que le corps d'Al vibrait dans son cercueil en carton. Il épousait le beat, marquait le tempo. De temps en temps un invité du cortège se sentait le regard aimanté par le cercueil en carton, orné de cette invective, « MORT AUX CONS » La dernière facétie de Al.

    Al, arrivé devant sa dernière sépulture, ce trou creusé dans la terre, la musique cessa. Le silence une dernière fois, avant qu'Al ne rejoigne les « Good Vibrations » éternelles. Les cerveaux s'arrêtèrent, plus la moindre vibration, la big méditation.

    Au loin un médiocre sur sa radio écoutait un air d'une daube qui d'une voix insignifiante chuchotait :

On me dit que nos vies ne valent pas grand chose
Elles passent en un instant comme fanent les roses
On me dit que le temps qui glisse est un salaud
Que de nos chagrins il s'en fait des manteaux
Pourtant quelqu'un m'a dit...

    Soudain le cercueil d'Al s'ouvrit, il se redressa comme un revenant, la voix tremblante, pointant du doigt la direction de la rengaine à deux balles, il hurla au médiocre qui musicalement se contentait de peu, l'infirme des oreilles et du discernement :

    -Plus jamais ça dans mes oreilles !
L'assistance d'un seul coup sorti de méditation, comme déclenchée par le déchaînement de Keith Moon débutant « Wont't Fooled Again »
ça bondissait dans les têtes plus que Pete Townshend sur scène piquant la vedette à Roger Daltrey.

    « Oh Sees » sur leur char reprirent l'intégralité de leur concert donné le 31 octobre 2019 au Teragram Ballroom, West 7Th Street, à Los Angeles.

    Al s'allongea dans son cartonnage. Fit le signe des doigts à destination des petits maîtres du monde. Sa dernière pirouette. Il fut descendu dans son trou. Chacun jetant une poignée de terre, d'autres de graines de plantes qui font rire, son corps fut recouvert. Il vibrait de bonheur dans son mélange

d'ondes. Il ne tarda pas à se faire de nouveaux amis parmi les asticots qui tous à l'unisson partageaient ses goûts musicaux, fallait les voir se tortiller. Qui a dit que le rire était le propre de l'homme ?
**Surement pas un asticot.
De Profundis...**

Fin du délire.

Albert et Gérald

Albert et Gérald

Remerciements :
Chuck Berry. Eddie Cochran. Bobby Darin. Fats Domino.The Everly Brothers. Bill Haley. Buddy Holly Buddy. Jerry Lee Lewis. Roy Orbison The Platters. Elvis Presley. Little Richard.The Beach BoysBlood, Sweat and Tears.The Beau Brummels. Buffalo Springfield. The Byrds. Canned Heat. Chicago. Alice Cooper. Count Five. Country Joe and the Fish. Creedence Clearwater Revival. Crosby, Stills, Nash and Young. The Doors. The Drifters. The Electric Prunes. The Four Tops. Grateful Dead. Iron Butterfly. Jefferson Airplane. The Jimi Hendrix Experience. The Kingsmen. The Mar-Keys. Martha and the Vandellas. MC5. The Monkees. The Mothers of Invention. Pacific Gas and Electric. Peter, Paul and Mary. Question Mark and the Mysterians. Quicksilver Messenger Service. The Righteous Brothers. Sam & Dave. Sam the Sham and the Pharaohs. The Seeds. Steve Miller Band. The Stooges. Strawberry Alarm Clock. The Trashmen. The Turtles. The Velvet Underground. The Beatles. Bee Gees. The Birds. Black Sabbath. The Animals. Cream. The Dave Clark Five. Dave Dee, Dozy, Beaky, Mick and Tich. Deep Purple. Fairport Convention. Free. Genesis. Gerry and the Pacemakers. Ginger Baker's Air Force. The Hollies. The Honeycombs. Humble Pie. The Jimi Hendrix Experience. The Kinks. Led Zeppelin. The Merseybeats. The Moody Blues. The Move. The Nice. Pink Floyd. The Pretty Things. Procol Harum. Rare Bird. The Rolling Stones. The Searchers. The Shadows. Small Faces. The Smoke. Soft Machine. The Spencer Davis Group. Spooky Tooth. Status Quo. The Swingin' Blue Jeans. Ten Years After. T. Rex. The Troggs. The Who. The Yardbirds. The Zombies... et j'en oublie....

Albert et Gérald

Albert et Gérald

**Romans qu'il faut acheter
du même gus :**

Disponibles Amazon, Fnac.....
Tapez Alain René Poirier sur Amazon

Editions Books on Demand

« American Best Seller Apophis 13 avril 2029 »
« Gaston George et Moi »
"En marche vers la décrépitude (tome 1)"
"De Vegas à Bakersfield"
"2047 Les Prophéties"
« Souvenirs mélangés d'un parisien malgré lui »
"Baltimore Hécatombes"
"Le Bœuf, le crabe et les vers de terre"
"New York Bagatelles"
"Vivre en 2084... OH Putain"
"All my Worst Seller Tome 1"
"Dieu créa le monde en écoutant les Rolling Stones"
"Quand Passent Les Pibales"
" Anarchie Sexe Meurtres et Rock'n Roll"

Editions Edilivre

"Un plus un ne font pas deux"

Albert et Gérald

Albert et Gérald

Albert et Gérald